ÉTUDES

SUR LA

DIVINE COMÉDIE

LA COMPOSITION DU POÈME
ET SON RAYONNEMENT

PAR

HENRI HAUVETTE

PROFESSEUR A L'UNIVERSITÉ DE PARIS

PARIS

LIBRAIRIE ANCIENNE HONORÉ CHAMPION

ÉDOUARD CHAMPION

5, QUAI MALAQUAIS

1922

Tous droits réservés.

BIBLIOTHÈQUE LITTÉRAIRE

DE

LA RENAISSANCE

DIRIGÉE PAR

P. DE NOLHAC et L. DOREZ

PREMIÈRE SÉRIE

TOME XII

PARIS

LIBRAIRIE ANCIENNE HONORÉ CHAMPION

ÉDOUARD CHAMPION

5, QUAI MALAQUAIS

1922

ÉTUDES

SUR LA

DIVINE COMÉDIE

BIBLIOTHÈQUE LITTÉRAIRE DE LA RENAISSANCE
DIRIGÉE PAR
P. DE NOLHAC et L. DOREZ

Première série, petit in-8º carré.

I. — H. COCHIN. La Chronologie du Canzonière de
Pétrarque. 1908 . . . . 6 fr.

II-III. — L. THUASNE. *R. Gaguini Epistoles et oratio-
nes,* texte publié sur les éditions originales de 1498.
1904 . . . . 37 fr. 50

IV. — H. COCHIN. Le frère de Pétrarque et le livre du
repos des religieux. 1904 . . . . 9 fr.

V. — M. THUASNE. Étude sur Rabelais (sources monas-
tiques du roman de Rabelais. — Rabelais et Érasme.
— Rabelais et Folengo. — Rabelais et Colonna. —
Mélanges). 1904 . . . . 15 fr.

VI. — L. M. CAPELLI. Pétrarque. Le traité « de sui ipsius
et multorum ignorantia ». 1906 . . . . 9 fr.

VII. — J. DE ZANGRONIZ. Montaigne, Amyot et Saliat.
Étude sur les sources des Essais de Montaigne.
1906 . . . . 9 fr.

VIII. — R. STUREL. Amyot traducteur des Vies parallèles de Plutarque. 1909, avec 4 fac-similés . . 18 fr.

IX. — P. VILLEY. Les Sources italiennes de la « Deffense
et illustration de la langue françoise » de Joachim du
Bellay, 1908 . . . . 7 fr. 50

X. — Mario SCHIFF. La fille d'alliance de Montaigne,
Marie de Gournay. 1910, avec un portrait . . 7 fr. 50

XI. — H. LONGNON. Essai sur P. de Ronsard. 1911, avec
un portrait . . . . 12 fr.

Deuxième série, grand in-8º raisin.

I-II. — P. DE NOLHAC. Pétrarque et l'humanisme. Nouvelle édition revue et considérablement augmentée, avec
un portrait inédit de Pétrarque et des fac-similés de
ses manuscrits. 2 vol. et planches . . . . . 30 fr.

III. — COURTEAULT. Geoffroy de Malvyn, magistrat et
humaniste bordelais (1545-1617), étude biographique et
littéraire, suivie de harangues, poésies et lettres inédites. 1907 . . . . 11 fr. 25

IV. — H. GUY. Histoire de la poésie française au
xvie siècle. T. I. L'École des rhétoriqueurs. 1910.
15 fr.

V. — L. ZANTA. La Renaissance du stoïcisme au
xvie siècle. 1914 . . . . 18 fr.

HENRI HAUVETTE

ÉTUDES

SUR LA

DIVINE COMÉDIE

LA COMPOSITION DU POÈME

ET SON RAYONNEMENT

PARIS

LIBRAIRIE ANCIENNE HONORÉ CHAMPION

ÉDOUARD CHAMPION

5, QUAI MALAQUAIS

1922

A LA COMPAGNE
TENDREMENT DÉVOUÉE
DE MA VIE

H. H.

AVANT-PROPOS

Il est un peu paradoxal de présenter ces Études sur la Divine Comédie dans la « Bibliothèque littéraire de la Renaissance », et je dois, avant tout, remercier et louer de leur largeur d'esprit les deux savants directeurs de cette collection qui ont bien voulu y accueillir un volume sur Dante. Trop souvent je me suis attaché à mettre en relief le caractère médiéval de la pensée du grand Florentin, pour essayer de le présenter aujourd'hui comme un précurseur de Pétrarque, du Politien et de l'Arioste.

Mais, d'autre part, il est incontestable que, sous le rapport de l'art, apparaît en Italie, avec Dante, quelque chose que ne faisaient prévoir ni le lyrisme des Siciliens, ni celui de Guittone d'Arezzo ou même de Guido Cavalcanti, — une poésie personnelle, à la fois passionnée et désintéressée, une inspiration religieuse et politique, un sens profondément dramatique de la vie, la plus âpre satire alternant avec les plus suaves visions mystiques, une langue toute jeune, vibrante et plastique, où se fondent comme par miracle les éléments les plus disparates, populaires, savants, étrangers, les latinismes les plus hardis et les mots forgés pour les besoins du moment, — un instrument merveilleusement riche et sonore, qui fait, avec le latin scolastique, que maniait si pesamment la même plume, le contraste le plus saisissant.

Si cela, certes, n'était pas « la Renaissance », c'était bien, au sein du vieux monde latin, une « Vie nouvelle », une aurore éblouissante, vers les reflets de laquelle les générations suivantes n'ont jamais pu s'empêcher de reporter leurs regards. Toute la poésie italienne et la langue de cette poésie ont reçu l'empreinte ineffaçable du Maître, qui les a dotées d'un magnifique chef-d'œuvre.

A ce rayonnement de la Divine Comédie se rapportent deux des études réunies ici, sur « Dante et la pensée moderne » et sur « Dante et la poésie française de la Renaissance ».

Les trois chapitres qui précèdent ceux-ci ont trait à la composition du poème, — non à sa genèse, à ses sources ou au travail obscur qui en a précédé la conception, mais à sa réalisation, à ce que nous pouvons entrevoir des conditions dans lesquelles il fut rédigé.

C'est un grand mystère que la gestation d'un chef-d'œuvre, surtout d'un chef-d'œuvre aussi complexe que celui de Dante. La question de savoir comment a été construit ce formidable monument a été souvent le sujet de mes réflexions.

Beaucoup de critiques admettent que le poème a pris sa forme définitive en sept ou huit ans, de 1314 à 1321, et plusieurs imaginent que, avant 1314, le poète avait ébauché ou écrit, pêle-mêle, beaucoup de morceaux, d'épisodes, de scènes ou de portraits. La rédaction proprement dite aurait été surtout un travail de fusion, de subordination à un plan rigoureux. Cette manière de voir est, entre toutes, celle que je suis le moins disposé à partager.

On nous a encore parlé d'une période de dix ou onze ans, — 1311-1321, — pendant laquelle Dante aurait rédigé entièrement son poème, mais après une autre période de dix ans, — 1301-1310, — période de préparation scientifique et philosophique, caractérisée justement par ceci que le poète, se préparant à écrire, n'écrit point. Mais j'arrive difficilement à comprendre comment, pour se préparer à la tâche formidable qu'était la rédaction des trois « Cantiche », ce poète se serait justement abstenu de toute écriture !

. Depuis 1905, une théorie, fondée sur l'examen des doctrines politiques contenues dans les trois parties du poème, a été exposée avec une grande force par M. E. G. Parodi : l'Enfer aurait été achevé avant 1308, le Purgatoire avant 1313, et les sept ou huit dernières années de la vie du poète auraient vu s'accomplir l'effort suprême d'où est sorti le Paradis, — et cela n'est pas trop, quand on songe aux difficultés croissantes, presque insurmontables, du sujet. Cette théorie a tous les caractères d'une très grande probabilité, et plus j'y ai réfléchi, plus elle m'a séduit. Mais j'irais volontiers plus loin. Je suis arrivé à penser, non en vertu d'une idée préconçue, mais par la lecture répétée du poème, que les premiers chants de l'Enfer remontent à une première conception, encore timide, étroite et limitée, par rapport à l'œuvre que nous admirons. Le plan s'est ensuite élargi, en même temps que le talent du poète découvrait de nouvelles ressources dans son sujet, comme dans son propre génie. J'estime que, dans la suite du poème encore, on peut relever quelques indices d'innovations successives qui n'avaient pas été envisagées, même dans la conception déjà amplifiée. En d'autres termes, j'admets que l'imagination de Dante et sa faculté créatrice, constamment en travail, se sont enrichies au fur et à mesure, comme sa pensée politique a évolué sous l'étreinte des événements, et comme son style s'est adapté graduellement à l'expression de concepts et de visions qui dépassent de plus en plus la portée de notre humaine intelligence. De la « Selva oscura » à l' « Amor che muove il sole e l'altre stelle », il y a un progrès qui suppose bien, pour le moins, vingt ans de méditations et d'efforts, — le temps qui s'est écoulé entre le « mezzo del cammin di nostra vita » et sa mort, à Ravenne.

On ne trouvera pas ici une démonstration en règle de cette théorie, et je ne l'énonce qu'à titre de pure hypothèse. Les pages qui suivent exposent simplement quelques arguments qui me paraissent de nature à donner une certaine consistance à cette manière de voir. Je ne m'étonne aucunement que celle-ci ait suscité des critiques et provoqué des résistances, mais je me réjouis des approbations autorisées qu'elle a recueillies, parfois du côté où je les attendais le moins.

L'étude sur Dante et la France se rattache plutôt à la question des sources de la Divine Comédie, en ce sens qu'elle vise à définir la place qu'a occupée la France dans la pensée du poète; et les deux courtes notes reproduites en appendice se rapportent encore à la question des sources et à la France.

Tous ces essais, à l'exception d'un seul (la seconde partie de A travers le Purgatoire et le Paradis), ont été publiés dans divers recueils et revues, entre 1899 et 1921; la plupart reparaissent ici profondément modifiés. Il ne m'a pas paru inutile de les réunir, au moment où s'achève l'année qui a vu célébrer dignement le sixième centenaire de la mort de Dante. Dans cette circonstance, la science et la pensée françaises ont montré la grande place que la Divine Comédie occupait dans leurs préoccupations. Je viens, à mon tour, déposer mon modeste hommage sur la glorieuse tombe du grand Florentin.

H. H.

Paris, décembre 1921.

ÉTUDES

SUR LA

DIVINE COMÉDIE

LA COMPOSITION DU POÈME

ET SON RAYONNEMENT

« IO DICO SEGUITANDO... »

NOTES SUR LA COMPOSITION

DES

SEPT PREMIERS CHANTS DE L'ENFER[1].

Ces trois mots, par lesquels s'ouvre le chant VIII de l'Enfer, ont été l'occasion d'anecdotes diverses, de discussions, d'hypothèses sur une interruption possible, survenue en cet endroit, dans la composition du poème et, par suite, sur les dates auxquelles Dante commença, suspendit et termina l'Enfer, sur ce que pouvait être l'ébauche supposée du poème, et encore sur la répartition des péchés entre les divers cercles de la damnation. Il est peu probable que ces délicats problèmes puissent être tranchés par de simples raisonnements ; aussi les observations qu'on va lire n'ont-

1. Publié dans la revue *Études italiennes*, t. I, 1919, fasc. 2 et 3.

I

elles pas l'ambition de les résoudre de façon décisive.

Mais il ne m'est jamais arrivé de lire l'Enfer chant par chant, d'un bout à l'autre, sans être frappé de certaines disproportions, pour ne pas dire plus, entre les sept premiers chants et les suivants. Je me persuade difficilement que le poète qui, au chant VII, ayant si pauvrement décrit la peine des avares et des prodigues, s'était rejeté sur un brillant hors-d'œuvre, l'allégorie de la Fortune, et avait esquissé la situation des damnés du cinquième cercle, ait pu sans transition, du jour au lendemain, acquérir une maîtrise toute nouvelle, une pleine possession des ressources de son art, avec une claire vision d'un plan beaucoup plus vaste, plus riche et plus complexe, au point de nous présenter coup sur coup, au chant VIII, la traversée du Styx dans la barque de Phlégias, la scène où Filippo Argenti tourne contre lui-même sa rage impuissante, et la résistance des diables sur la porte de la cité infernale, en attendant la vision des Furies et l'apparition de l'Envoyé céleste, au chant IX. Certes, c'est bien le même artiste qui avait déjà mis tant d'humanité et de poésie dans la figure de Ciacco et surtout dans l'immortelle Francesca; mais il révèle tout à coup une fertilité d'invention jusqu'alors insoupçonnée dans l'agencement ingénieux d'un récit varié, dramatique, plein de détails d'un réalisme saisissant : c'est le même artiste, mais parvenu brusquement à la possession souveraine de son art.

Le contraste me paraît si fort que j'ai toujours été surpris de ne pas le voir plus fermement souligné par les commentateurs. Seul, parmi les critiques dont il me souvienne, Ed. Moore[1] y a insisté, mais à propos d'un problème d'un autre ordre, la classification des péchés. Je voudrais y revenir avec l'intention de faire surtout ressortir les progrès surprenants que l'on observe dans la conception comme dans l'exécution poétique, quand on passe du chant VII aux suivants. De ce contraste on verra ensuite quelles conclusions il y a lieu de dégager.

I.

Chacun a pu remarquer qu'à partir du chant VIII Dante paraît abandonner le plan qu'il avait adopté d'abord, quant à la classification des péchés. Jusque-là, en effet, il avait suivi la division traditionnelle en péchés capitaux : après le Limbe

---

1. Edward Moore, *Studies in Dante*, second series; Oxford, 1899, p. 168-170. Antérieurement, Adolfo Bartoli, dont je m'honore d'avoir été l'élève à Florence et dont les ouvrages ont laissé en moi une profonde impression, avait reconnu un certain défaut de continuité entre les sept premiers chants et les suivants (*Storia della lett. ital.*, t. VI, p. 51 et suiv.). Mais je dois dire que mes observations ne procèdent pas ici directement des siennes, et je ne dois absolument rien à Costanza Agostini (*Il racconto del Boccaccio e i primi sette canti della Commedia*; Florence, 1908), que je n'ai pas eu entre les mains.

(1ᵉʳ cercle), il avait énuméré la luxure (2ᵉ cercle),
la gourmandise (3ᵉ cercle), l'avarice jointe à la
prodigalité (4ᵉ cercle), puis la colère (5ᵉ cercle),
dont le châtiment est déjà complètement décrit
dans les vingt-cinq derniers vers du chant VII.
Ensuite, au contraire, apparaissent les hérésiarques (6ᵉ cercle), les violents contre leur pro-
chain, contre eux-mêmes, contre Dieu et la nature
(7ᵉ cercle), toutes les variétés de trompeurs
(8ᵉ cercle) et de traîtres (9ᵉ cercle), c'est-à-dire un
classement fondé sur des notions tout à fait étrangères à la doctrine ecclésiastique des péchés capitaux.

Ce changement choque peu, car il est justifié
par Dante, qui, au chant XI, se référant à l'Éthique
d'Aristote, fait rentrer les quatre péchés capitaux
déjà énumérés dans l'*incontinentia*, c'est-à-dire
l'entraînement, l'impuissance de l'homme à maî-
triser ses passions, disposition moins détestable,
au regard de Dieu, que la violence bestiale et que
la méchanceté armée de ruse et de trahison : violence et méchanceté sont expiées dans le « bas
enfer ».

Mais Ed. Moore a finement remarqué que,
peut-être, l'explication du chant XI n'a été imaginée que pour masquer après coup, ou pour
excuser un changement de plan, survenu lorsque
Dante se serait convaincu que l'énumération des
péchés capitaux ne pouvait convenir aux développements ultérieurs du poème. C'est là une simple

conjecture. Des objections très sérieuses y ont été faites, d'où il ressort que Dante, tout en subissant d'abord l'influence de la théorie théologique des péchés capitaux, — le fait ne saurait être nié, — a pu fort bien, néanmoins, concevoir dès le début sa classification des damnés d'après la doctrine morale d'Aristote[1]. Mais ceci n'est encore qu'une possibilité. Quittons au plus vite ce terrain mouvant, où nous ne trouvons aucun point d'appui solide.

Voici, en revanche, un fait incontestable. Dans les premiers chants, Dante passe d'un groupe de damnés au groupe suivant avec une rapidité qui paraît systématique : le Vestibule de l'Enfer et la rive de l'Achéron, qui présentent à ses regards les premiers rassemblements d'âmes, occupent un seul chant (III); le Limbe un chant (IV), de même le cercle de la luxure (V) et celui de la gourmandise (VI); l'amour des richesses est encore moins favorisé, car la colère empiète sensiblement sur le chant VII. Si cette allure vertigineuse avait été maintenue, la description des neuf cercles eût pu être achevée en douze chants. Mais tout change à partir du chant VIII où se prolonge la traversée du cinquième cercle; ensuite, on voit Dante et Virgile entrer dans le sixième cercle à la fin du chant IX, pour n'en sortir qu'au début du douzième. Le septième

____

1. *Bull. della Soc. Dant, ital.*, N. S., t. VIII, p. 47-48.

cercle, avec ses trois subdivisions, embrasse les chants XII à XVII, le huitième en occupe treize (XVIII-XXX) et le neuvième quatre (XXXI-XXXIV). On pénètre dans le bas enfer dès la fin du neuvième chant; c'est-à-dire que la disproportion est manifeste entre les deux grandes divisions de l'enfer. Que Dante n'ait pas immédiatement envisagé, dans toute son ampleur, le plan auquel il s'est ensuite conformé, c'est une impression à laquelle on peut bien résister, mais qui se présente à l'esprit le plus naturellement du monde.

Les développements nouveaux, qui commencent avec le chant VIII, sont constitués par deux genres d'épisodes. D'une part, les entretiens du poète, ou de Virgile, avec les damnés deviennent de plus en plus nombreux, de plus en plus dramatiques; de l'autre, les incidents du voyage, les descriptions du paysage infernal, les scènes multiples qui se déroulent sous les yeux du poète tiennent une place de plus en plus large et témoignent d'un réalisme croissant.

En ce qui concerne les dialogues avec les âmes réparties de cercle en cercle, trois sont contenus dans les chants III-VII, et ils comptent parmi les plus célèbres du poème : c'est le colloque avec les grands poètes du Limbe, puis le récit de Francesca, et enfin la rencontre du Florentin Ciacco, avec qui Dante s'entretient de leur commune patrie. Le poète est déjà tout entier dans ces épisodes hautement significatifs, avec son culte de

la gloire, son émotion poignante en présence de
la passion amoureuse, et sa tendresse inquiète
pour Florence déchirée par les factions. Nul ne
saurait songer à déprécier ces premiers chants,
qui comptent parmi les plus précieux de l'Enfer.
Dante avait déjà donné, comme poète lyrique, des
preuves éclatantes de sa puissance expressive; il
y ajoute dans les premiers épisodes de son grand
poème un mouvement, une acuité de vision, avec
un prolongement d'infinies et inexprimables perspectives, qui font de ces chants IV à VI des morceaux pleinement caractéristiques de son génie.
Cela n'empêche pas de dire qu'il était encore
assez loin d'avoir reconnu toutes les ressources
que pouvait lui fournir son sujet et d'en avoir
tiré parti.

Son intention primitive paraît avoir été de pro-
voquer au plus un entretien de quelque ampleur
dans chaque cercle. Autrement, pourquoi n'aurait-il pas mis en scène un plus grand nombre
d'habitants du « noble castel » du Limbe? Francesca et Paolo pouvaient-ils seuls l'intéresser
parmi les passionnés? Et ne connaissait-il que
Ciacco à ranger dans le cercle des gourmands?
Les énumérations rapides qui, aux chants IV et
V, suivent ou précèdent la scène principale[1]
prouvent assez que la matière ne lui manquait pas.

1. Chant IV, v. 121-144, trente-six noms en vingt-quatre
vers; ch. V, v. 52-69, huit noms en dix-huit vers. Une énumération, qui offre quelque analogie avec celles-ci, se lit au

Une fois admise la conception un peu étroite du plan qu'il aurait envisagé d'abord, on comprend sans peine les choix de Dante. Parmi les grands héros étrangers au christianisme, sa qualité de poëte et celle du guide qu'il s'était donné lui imposaient un entretien avec le groupe que préside Homère et au milieu duquel il prend, sans fausse modestie, la place qui lui revient de droit; il a donc relégué au second plan les fondateurs de la grandeur romaine, les philosophes et les savants, qui étaient aussi, à tant d'égards, les maîtres de sa pensée. Entre tous les amoureux célèbres, il a donné la préférence à un couple obscur qu'il a immortalisé, parce que la mort de Francesca et de Paolo l'avait vivement troublé pendant sa jeunesse, lorsqu'il pouvait avoir vingt ans : c'était aussi pour lui l'époque des « douces pensées » et des « tendres désirs »; ce fait divers brutal lui avait révélé à quels dénouements tragiques pouvait conduire un moment de faiblesse, une surprise des sens, et il en avait été bouleversé. Quelle que soit la date où l'épisode du chant V a été écrit, il est indéniable qu'on y reconnaît la trace du profond émoi que le drame de Rimini avait jeté dans le cœur du poëte. Enfin, Ciacco était un compatriote que Dante avait

---

ch. VII du Purgatoire, v. 91-136; elle est d'une moindre densité : douze noms en quarante-six vers, c'est-à-dire que le poëte y a mieux caractérisé chacun des personnages qu'il nomme.

connu, qui avait laissé à Florence une réputation bien établie de gourmandise, au point que Boccace la confirmait, dans une nouvelle du Décaméron, un demi-siècle après sa mort.

Le caractère personnel de l'inspiration de Dante, dans ces trois premiers épisodes, est donc frappant : on y perçoit un écho très distinct d'impressions et d'émotions qui ne se retrouveront pas de la même façon dans les scènes, assez différentes, où le premier rôle sera tenu par Filippo Argenti, Farinata degli Uberti, Piero della Vigna, dans les cercles les plus proches. Et cette inspiration personnelle a aussi un caractère élégiaque marqué, sans aucune des violences que va brusquement nous révéler le chant VIII : là, le poète donnera libre cours à la sainte colère que lui inspire le péché; il appellera de ses vœux un châtiment exemplaire sur une âme orgueilleuse, et remerciera le ciel de lui avoir fait voir un damné qui se déchire de ses propres dents; — ici, au contraire, l'entretien de Dante avec les ombres n'est empreint que de douceur et de mélancolie.

En ce qui concerne les poètes du Limbe, la chose est trop naturelle. Pour Francesca, on pourrait être un peu surpris : Dante exprime en toute franchise la pitié, la sympathie même que lui inspirent, non certes le péché, mais la tendresse de la femme et la douleur de la victime. Son entretien avec Ciacco ne laisse pas voir moins de bienveillance : le supplice des gloutons est fort déplaisant, et Dante en souffre pour cette âme affligée, avant même de l'avoir reconnue. On peut signaler un curieux parallélisme entre certains mouvements du dialogue dans ces deux chants consécutifs. Ciacco se dresse devant Dante et l'interpelle : « O toi qui traverses notre enfer, reconnais-moi... »; et Francesca, répondant à l'appel du poète, lui dit : « O créature aimable et bienveillante, qui viens nous visiter dans ces ténèbres... » Dante avait adressé le premier la parole aux amants de Rimini en les appelant : « O âmes souffrantes !... »; à Ciacco il ne témoigne pas moins de pitié : « Peut-être l'angoisse que tu éprouves est-elle ce qui t'efface de ma mémoire... » Un peu plus tard, il dit à l'une : « Françoise, tes tourments me font pleurer de tristesse et de pitié; mais dis-moi, au temps des doux soupirs, à quels signes et comment l'Amour a-t-il permis que vous eussiez connaissance de vos désirs inavoués? » Et à l'autre : « Ciacco, ta souffrance me touche au point de me faire pleurer. Mais dis-moi, si tu le sais, où en viendront les citoyens de la ville déchirée... » La concordance est si exacte qu'elle décèle un peu de raideur dans l'allure du récit : les deux scènes ont l'air de sœurs jumelles qui, malgré la différence de leurs caractères, ont même timbre de voix, mêmes gestes et mêmes jeux de physionomie. Avec les avares et les prodigues encore, c'est la pitié qui domine dans l'attitude du poète (VII, 36). Au contraire, le ton du

chant VIII est tout différent : dans l'épisode de
Filippo Argenti s'affirme une manière entièrement nouvelle de considérer le sort des damnés;
c'est un autre aspect de l'inspiration dantesque
qui se révèle brusquement[1].

Ed. Moore a fait, en outre, cette intéressante
remarque : Farinata degli Uberti, au sixième
cercle, expliquera que les damnés discernent
comme dans une brume les grandes lignes de
l'avenir; mais le brouillard s'épaissit à mesure
que cet avenir devient le présent, et quand les
événements s'accomplissent ils n'en distinguent
plus rien; alors les nouveaux venus en enfer sont
leurs seuls informateurs :

> s'altri non ci apporta,
> Nulla sapem di vostro stato umano (X, 104-105).

Cette règle trouve une application rigoureuse
dans plusieurs autres épisodes : Brunetto Latini,
Nicolas III, Vanni Fucci, Mahomet lisent dans
l'avenir; inversement, Guido da Montefeltro s'en-

---

1. En m'efforçant de caractériser ainsi certains aspects de la
poésie dantesque, je n'aurais jamais imaginé qu'on pût voir
dans ces observations des critiques ou des reproches à l'adresse
de Dante! Où voit-on dans ce passage, que je publie ici tel
qu'il a paru en 1919, sans y changer une lettre, que je signale
dans les sept premiers chants *un eccesso di pietà, un tono ele-
giaco inopportuno che non ritroviamo nei canti successivi*
(*Giorn. Stor. della lett. ital.*, t. LXV, p. 278)? On m'objecte
que le ton n'est ni moins affectueux ni moins élégiaque, dans
l'entrevue avec Brunetto, au ch. XV; ai-je dit le contraire? J'ai
simplement observé qu'à partir du ch. VIII la palette du poète
s'enrichit de façon subite et prodigieuse. Qui voudra le nier?

quiert avec anxiété de ce qui se passe présentement en Romagne :

Dimmi se i Romagnuoli han pace o guerra (XXVII, 28);

et de même Nicolas III ne prendrait pas son interlocuteur pour Boniface VIII s'il pouvait savoir qui est pape au moment où il parle : il se contente de remarquer que le livre de l'avenir l'a trompé de plusieurs années (XIX, 54).

Contrairement à cette théorie, Ciacco prédit avec assurance des événements qui devaient s'accomplir dans un très court délai, du 1er mai 1300 au début de 1302, et il parle même du présent sans hésitation : Florence, dit-il,

è piena
D'invidia sì che già trabocca il sacco (VI, 49-50);

et à la question de Dante : « S'y trouve-t-il un seul juste? », il répond :

Giusti son due ma non vi sono intesi (VI, 73).

Ceci revient à dire qu'au moment où il faisait parler Ciacco, Dante ne s'était pas encore avisé de la règle, empruntée d'ailleurs à des traditions ecclésiastiques respectables[1], grâce à laquelle il a

1. L'article le plus récent, à ma connaissance, et le plus instructif, consacré à cette question de la prescience des damnés est celui de M. E. G. Parodi, dans le *Bull. della Soc. Dant.*, t. XIX (1912), p. 169-183.

pu limiter le champ des révélations qu'il avait d'abord permises aux damnés ; et c'est un nouvel indice que, dans l'intervalle, il s'est livré à une réflexion plus approfondie sur la situation des âmes de l'enfer et sur les effets poétiques qu'on en pouvait tirer[1].

Parmi les régions infernales décrites dans les chants III-VII, deux ne sont le théâtre d'aucun entretien du poète avec des damnés : le quatrième cercle, réservé aux avares et aux prodigues (ch. VII), et la « sombre plaine », souvent désignée sous le nom de « Vestibule de l'Enfer », où sont relégués les indécis, les neutres, ceux qui ont refusé de prendre parti entre le bien et le mal, entre le crime et la justice (ch. III). Non seulement le poète n'échange aucun propos avec ces ombres, mais il n'en nomme pas une seule. Semblable abstention ne se retrouve en aucune autre partie du poème.

Il est vrai que Dante justifie cette attitude par d'excellentes raisons : les neutres, « ces misérables qui n'ont jamais été vivants », ne méritent que l'oubli ; qu'ils restent donc plongés dans le néant où ils se sont complu ! C'est Virgile qui prononce

---

1. M. Parodi écrit (p. 174) : « Ciacco aura été informé par un damné récemment arrivé de la terre ! » Cette méthode, qui consiste à expliquer ce qui est avant par ce qui viendra seulement ensuite, sera particulièrement contestée dans la dernière partie de cette étude.

à leur adresse cette condamnation dédaigneuse
et définitive :

Non ragioniam di lor, ma guarda e passa! (III, 51.)

Quant aux hommes qu'a dominés l'amour des
richesses, ils ont perdu toute physionomie indi-
viduelle : « Souillés par une vie contraire à la
connaissance », c'est-à-dire à la sagesse, « ils ne
sauraient à présent être reconnus. » Mais ne
soyons pas dupes des explications de Dante :
elles n'ont qu'un caractère facultatif. S'il avait
voulu représenter les choses autrement, il aurait
trouvé, pour se justifier, des raisons tout aussi
fortes; car il est avant tout poète et artiste, c'est-
à-dire créateur de formes concrètes, et il n'est
jamais embarrassé ensuite pour y adapter une
signification morale. Le fait subsiste donc : dans
ces deux régions seulement, aucune personnalité
ne se détache sur le fond grisâtre où grouillent
des formes indistinctes.

Parmi les neutres du chant III, cependant, le
poète reconnaît au moins l'ombre de celui

Che fece per viltà il gran rifiuto (60);

et le mystère voulu que cette expression entretient
autour du personnage n'empêche pourtant pas de
reconnaître en lui, avec une certitude suffisante,
le pape Célestin V, dont l'abdication avait aplani
la voie à l'élévation de Boniface VIII. Que Dante

ait été injuste envers le pieux Pietro da Morrone, nul n'en doute; mais on doit convenir qu'il a pris soin d'atténuer la dureté de son jugement par la désignation énigmatique du vénérable ermite, dont on n'aurait jamais dû faire un pape. Notons immédiatement que, parmi les avares, Dante remarque une étonnante proportion de tonsurés, et, comme il en exprime son étonnement, Virgile lui explique que ce sont des clercs, des papes et des cardinaux,

In cui usa avarizia il suo soperchio (VII, 48).

D'où l'on peut conclure que, dans ces deux chants, l'intention anticléricale est très nette, mais l'expression reste un peu timide, Dante s'étant abstenu de prononcer un seul nom propre[1]. On sait que cette réserve initiale a été complètement abandonnée par la suite : Nicolas III, Boniface VIII et Clément V ne sont pas épargnés au chant XIX !

1. Que le vers du *gran rifiuto* « déborde d'une ironie sanglante », j'en suis aussi convaincu que personne; mais c'est un fait que l'absence de tout nom propre a empêché beaucoup de commentateurs anciens et modernes de reconnaître ici Célestin V. Je l'y reconnais avec d'autant plus d'assurance que l'objection tirée de la canonisation de ce dévot personnage en 1313 ne me touche guère, étant convaincu que le passage a été composé bien avant cette date.

II.

La nature des supplices infligés aux damnés des premiers cercles appelle quelques observations. On y trouve appliquée la loi du talion, — ce que Dante appellera plus loin *il contrappasso*, — avec une rigueur plus grande que dans certaines régions inférieures[1]. Passons rapidement en revue cette première série de tourments.

Les neutres du Vestibule infernal, bien que placés en marge de l'enfer, sont soumis à une série de peines fort cruelles. C'est d'abord un châtiment moral :

> Questi non hanno speranza di morte,
> E la lor cieca vita è tanto bassa
> Che invidiosi son d'ogni altra sorte (III, 46-48).

Mais voici en plus un supplice corporel : ces

1. Par exemple, on ne voit pas très distinctement pourquoi les athées sont couchés dans des tombes embrasées, pourquoi les blasphémateurs et les usuriers sont exposés à la même pluie de feu que les sodomites, pourquoi les séducteurs sont fouettés, les simoniaques plantés dans des trous la tête en bas, les malversateurs plongés dans la poix bouillante, les traîtres figés dans la glace. On s'en tire, çà et là, par des jeux de mots ; Nicolas III dira : *Che su l'avere e qui me misi in borsa ;* les malversateurs ont aimé à pêcher en eau trouble, et maintenant ils sont harponnés dans la poix bouillante par les diables ; les traîtres ont un cœur de glace, etc... En réalité, par la force des choses, Dante a été amené peu à peu à s'assurer une certaine liberté dans le choix des supplices, pour mieux satisfaire à une exigence poétique supérieure, celle de la variété.

lâches, ces égoïstes, ces indolents, qui n'ont voulu faire aucun effort, soutenir aucune lutte, endurer aucune fatigue, sont obligés de courir sans répit à la suite d'une sorte de bannière qui est emportée devant eux à une allure vertigineuse; et pour rendre leur course plus douloureuse, des taons et des guêpes les mordent et les piquent :

> Erano ignudi, stimolati molto
> Da mosconi e da vespe ch'eran ivi (v. 65-66).

Leurs plaies saignent et leur sang ruisselle, mêlé à leurs larmes; il arrose le sol, où des vers hideux s'en repaissent :

> ai lor piedi
> Da fastidiosi vermi era ricolto (v. 68-69).

Il y a là un raffinement curieux et presque de la surcharge : on croit sentir que, en présence de ce premier groupe d'ombres, le poète s'est efforcé de trouver quelque chose de bien horrible, et il a dépassé la mesure. Car enfin ces âmes ne sont pas damnées! Le ciel les repousse, pour que sa beauté ne soit pas ternie, et ils n'ont pas de place en enfer, parce que, en face de leur nullité, les grands rebelles pourraient se glorifier d'avoir du moins « vécu » avec intensité. L'anéantissement complet ne serait-il pas le traitement le mieux approprié à ces âmes qui ont rejeté toute activité, qui ont renoncé à ce qui fait le prix de la vie? En imaginant qu'ils courent, qu'ils saignent,

qu'ils pleurent, qu'à leurs pieds s'engraisse une
vermine grouillante, Dante ne semble pas avoir
songé à l'obligation où il allait être d'établir une
gamme de supplices propre à former un crescendo
continu. Il a frappé un peu fort, et avant l'heure.
En effet, divers groupes de damnés, dans des
régions plus profondes, ne sont pas plus mal
traités que ces égoïstes. Qu'on se reporte, par
exemple, au huitième cercle : les séducteurs, qui
en occupent le premier couloir circulaire, galopent
éperdument, fouettés par des diables cornus ; mais
Dante n'insiste aucunement sur leur souffrance.
Il y a là quelque disproportion quand on songe à
la responsabilité morale de ces deux séries d'âmes
soumises à un supplice analogue : les ombres du
Vestibule paraissent souffrir davantage[1].

1. En consacrant un compte-rendu très flatteur à mon
volume sur *Dante* (1911), où j'avais discrètement indiqué dans
une note cette disproportion (p. 237), M. E. Benvenuti s'étonne
de ce jugement, et il ajoute : « Dante ha dato a quei piccoli
uomini piccola (almeno in apparenza) e meschina pena. »
(*Bull. Soc. Dant.*, N. S., t. XX, p. 50, note). Il est bien malaisé
de comparer des peines que l'on n'a pas, — jusqu'à nouvel
ordre ! — endurées. J'ai voulu dire seulement que Dante analyse la torture des âmes du Vestibule avec une curiosité et lui
donne un relief qui ne paraissent pas en rapport avec leur crime.
« Piccoli uomini » si l'on veut ; mais la vérité est que Dante
les appelle : *questi sciaurati*, et encore : *la setta dei cattivi*.
On pourrait même remarquer que, en bonne logique, ce sont
ces « piccoli uomini », bien plutôt que les avares, qui devraient
être méconnaissables au regard scrutateur de Dante, lorsqu'il
cherche à en identifier quelques-uns. Ces détails sont de
minime importance ; ils ne me semblent significatifs qu'en
raison du soin extrême avec lequel, en général, Dante a coor-
donné tous les effets. Dans les premiers chants, la coordina-
tion est imparfaite.

Au reste, l'inconséquence la plus frappante
résulte de la simple juxtaposition de ce Vestibule
et du Limbe. Ce dernier séjour, par définition,
devrait être en marge de l'enfer : les âmes qui,
suivant la célèbre expression de Dante, y sont
« en suspens » se trouvent exclues de la béatitude,
mais soustraites à la damnation. Leur seule faute
étant de n'avoir pas reçu le baptême (IV, 35), elles
n'endurent qu'une souffrance morale : elles sont
privées de la vue de Dieu, et tout espoir de le connaître leur est à jamais interdit. Il paraît difficile
de justifier par une doctrine théologique, aussi
bien que par des raisons d'ordre artistique, le
parti qu'a pris le poète de compter parmi les
cercles de l'enfer proprement dit cette région de
« plaintes sans tortures », où se rencontrent tant
de nobles âmes, tandis qu'il rangeait en marge et
soumettait à des tortures très positives des ombres
auxquelles il ne ménage pas l'expression de son
plus cinglant mépris.

En ce qui concerne la peinture du Limbe lui-
-même, Dante y a fondu avec un rare bonheur les
enseignements des théologiens et les traditions
de la poésie classique; car Virgile avait déjà fait
entendre à Énée les « longs vagissements des
nouveaux-nés arrachés prématurément à la ma-
melle[1] »; et le lumineux séjour réservé à ceux
que leurs vertus ont rendus immortels parmi

1. *Énéide*, VI, 426-429.

les hommes est une réminiscence certaine des
Champs-Élysées[1], à laquelle viennent s'ajouter
quelques traits de symbolisme médiéval. Peu de
pages traduisent en une synthèse plus forte et
plus harmonieuse la complexité et la hardiesse
de la pensée de Dante[2].

« La tourmente infernale qui jamais ne s'arrête » perpétue, dans les ténèbres éternelles, les
orages de la passion amoureuse. Aucune application, peut-être, du principe du talion n'est plus
naturelle et plus saisissante. Elle est complétée
par une série de comparaisons célèbres, qui
donnent à ces âmes éplorées une légèreté, une
mobilité gracieuse; beaucoup de charme se mêle
ainsi à leur infinie tristesse : c'est le vol d'étour-
neaux, roulés, dispersés par la rafale; ce sont les
cris plaintifs d'un troupeau de grues, qui dessinent
sur le ciel une longue trace sombre; c'est enfin,
en ce qui concerne Paolo et Francesca, répondant
à un appel affectueux, l'image de deux colombes
regagnant le nid où les attire leur commune tendresse. Ceci est un des sommets de la poésie dantesque.

1. *Énéide*, VI, 640 et suiv.

2. Il devrait donc être inutile de souligner qu'en écrivant
ceci je n'ai aucunement essayé de diminuer la valeur du
chant III, pas plus que celle du chant IV ou du chant V; en
ce qui concerne ce dernier, il paraît que j'ai été « obligé de
reconnaître » qu'il constitue un des sommets de la poésie
dantesque (*Giorn. Storico*, ibid., p. 280). Sur quoi se fonde
l'opinion que je subis une contrainte quand je proclame la
grandeur de la poésie dantesque?

Cependant, un détail de cette description reste obscur par son imprécision. Lorsque ces âmes, est-il dit, « arrivent devant le précipice »,

Quando giungon davanti alla ruina (V, 34),

elles crient, pleurent, se lamentent et maudissent la puissance divine. Les mots « précipice » ou « éboulement » sont ceux qui rendent le mieux le mot latin, — et italien, — *ruina;* reste à savoir de quel précipice il s'agit. On a parfois pensé à celui qui sépare ce cercle du cercle inférieur; mais les damnés ne risquent aucunement d'y tomber. Plus intéressante est l'explication qui rapporte ce mot à la falaise qui domine le cercle et dont le sommet correspond au niveau du Limbe, à condition d'admettre que cette falaise soit éboulée en un endroit (comme le sera celle qui borde le septième cercle, au chant XII). Mais c'est précisément ce qu'il faut admettre, car le texte ne le dit pas : il parle de descente (V, 1) et non d'éboulement, et les détails qui seront signalés plus loin, au chant XII, ne sont ici d'aucun secours, puisque le lecteur ne peut encore les connaître; la question est même de savoir si, en écrivant le chant V, le poète avait déjà présent à l'esprit ce qu'il devait écrire au chant XII.

Cependant une explication séduisante a encore été proposée et soutenue récemment avec une grande autorité[1] : elle consiste à remonter à l'ex-

_____

1. Par M. E. G. Parodi, *Bull. Soc. Dant.*, N. S., t. XXIII, p. 14.

pression latine *ruina ventorum*, calquée sur la locution *venti ruunt* (*Énéide*, VI, 82-85), qui désignerait clairement le souffle impétueux des vents. Il y aurait donc dans ce cercle un endroit où la rafale prendrait naissance, une fissure de la muraille rocheuse, une issue d'où se précipiterait la tempête, imprimant à tout le vol de ces damnés son mouvement circulaire, les bousculant à chaque tour avec une force renouvelée, qui leur arrache des cris et des blasphèmes. Si c'est là ce que Dante a voulu dire, il faut avouer qu'il l'a dit fort incomplètement. L'expression *ruina ventorum* est-elle si courante qu'elle puisse, sans dommage, être amputée d'un mot essentiel? Virgile désigne une pluie torrentielle par les mots *cœli ruina* (*Énéide*, VI, 129); *ruina* tout seul peut-il signifier encore « une ondée », et surtout « l'endroit d'où se déclanche l'ondée » ? Pour être logique, on devrait, avant d'adopter ce sens, accueillir la leçon de quelques manuscrits :

> Quando giungon de' venti alla ruina.

Mais cette variante a-t-elle la moindre autorité? Il ne semble pas; et alors n'est-on pas bien fondé à dire que Dante a laissé une part un peu trop large à la sagacité de ses interprètes[1]?

---

1. Le sens le plus probable du mot *ruina* me paraît encore être « la descente » du Limbe à ce second cercle; c'est là que se tient Minos : « Stavvi Minos... » (V, 4), devant qui défilent toutes les âmes, qui apprennent de lui quel séjour leur est

Sur le traitement infligé à la gourmandise, il n'y a rien à observer : le supplice qui consiste à être éternellement arrosé par une pluie malpropre, mêlée de grêle et de neige, et à tremper dans ce brouet répugnant est, pour des gourmands, une spirituelle application du « contrappasso ».

C'est dans le cercle des avares et des prodigues que l'imagination du poète s'est trouvée le plus en défaut. Ces damnés, répartis en deux groupes adverses, poussent devant eux, en y appliquant leur poitrine, des « poids », où nous reconnaissons sans effort l'image des richesses auxquelles ils ont consacré toute leur vie. Mais quelle est l'apparence, la forme, la masse de ces poids ? Leurs dimensions sont-elles proportionnées à la fortune dont chacun s'est fait l'esclave sur la terre? Ce sont apparemment des boules; sont-elles très pénibles à rouler? Nous pouvons l'imaginer, mais le texte le laisse à peine entendre :

Voltando pesi per forza di poppa (v. 27).

Comme les deux groupes marchent en sens opposé, ils se heurtent l'un à l'autre ; alors ce sont des hurlements et des injures : « Pourquoi gardes-tu ? » crient les prodigues; et les avares de

réservé. En repassant devant cet endroit, les damnés du second cercle se souviennent donc du moment où a été prononcée leur sentence, d'où la recrudescence de leur désespoir.

répondre : « Pourquoi dissipes-tu? » Après quoi ils se retournent et reprennent leur marche en sens inverse, jusqu'au moment où, ayant parcouru de part et d'autre un demi-cercle, ils provoquent la même rencontre, et ainsi de suite, éternellement. Dante a beau qualifier leurs cris d'aboiements (v. 43) et leurs reproches réciproques de refrains ignominieux (v. 33), cette peinture nous semble assez anodine. Dans la suite de l'Enfer, et, sans aller bien loin, dès le chant VIII, Dante saura trouver d'autres accents pour représenter, dans toute leur violence ou leur bassesse, les querelles et les batailles entre damnés.

Mais il y a quelque chose de plus fâcheux. Lorsqu'on essaie de se figurer la scène, avec la précision rigoureuse à laquelle nous ont habitués tant de scènes des cercles suivants, on se heurte à beaucoup d'obscurités. Pour que le choc des deux groupes fût réel et général, il faudrait que les deux fronts qui s'avancent l'un contre l'autre fussent très étirés, très longs et très minces; mais, à supposer même que la terrasse circulaire qui constitue le cercle ait plusieurs centaines de mètres de largeur, cela ne ferait jamais que d'assez maigres bataillons : au moment de la rencontre, tout le reste du cercle serait désert; comment donc le poète aurait-il l'impression de n'avoir jamais vu pareille foule :

> Qui vidi gente più che altrove troppa? (v. 25).

En outre, les deux troupes, avec leurs blocs
roulants, devraient mettre beaucoup de temps,
chacune, à parcourir le demi-cercle au bout
duquel un nouveau choc a lieu. Dante assiste-t-il
à plusieurs de ces rencontres successives? Il est à
croire que non. D'ailleurs, pour qu'il pût embrasser du regard, sans se déplacer, toute l'étendue
du cercle, il faudrait que celui-ci fût infiniment
plus petit que ne l'exigent les proportions des
cercles suivants. Sa description n'a donc pas ici
ce caractère de « choses vues » qui donne à ses
plus belles créations un accent de réalisme saisissant. Si, au contraire, on suppose que les deux
groupes sont disposés en colonnes profondes et
compactes, le choc, certes, doit produire une terrible bousculade, mais il n'est supporté que par
les premiers rangs, par une infime minorité, —
et l'imagination du lecteur hésite, avec le sentiment qu'elle n'est pas suffisamment guidée.

Pour étoffer la description de ce cercle un peu
pâle, Dante y a inséré (v. 61-96) l'épisode de la
Fortune, que j'ai qualifié déjà de brillant hors-
d'œuvre. Le personnage, en effet, n'appartient
aucunement à l'enfer; c'est une « intelligence
divine » préposée à la répartition des biens tran-
sitoires, — richesse, puissance, bonheur, — entre
les hommes; son séjour ne saurait être ici. Où
réside-t-elle? Dante l'assimile aux anges qui gou-
vernent chacune des sphères célestes (VII, 73 et

suiv.); mais elle n'a pas sa place au milieu de
leurs hiérarchies, décrites dans le Paradis; elle
est une pure allégorie morale. Nous pouvons en
admirer la belle sérénité, l'indifférence souveraine
aux récriminations des hommes :

> Ma ella s'è beata e ciò non ode :
> Con l'altre prime creature lieta
> Volve sua spera, e beata si gode (VII, 94-96).

On observera cependant que cette sphère qu'elle
fait tourner est d'une autre espèce que les sphères
auxquelles sont préposés les anges : c'est sa roue,
instable et capricieuse ; et il ne peut échapper
qu'il y a là quelque chose d'artificiel. F. de Sanc-
tis, sans méconnaître la beauté esthétique de cette
évocation, n'a donc pas eu tort d'y signaler de la
froideur[1]. Elle est réellement étrangère à l'action
du poème et n'a, par exemple, aucun degré de
parenté avec l'envoyé céleste qui fera, au chant IX,
une apparition sublime. Elle reste une allégorie,
en partie classique, en partie fidèle à la tradition
de ces abstractions personnifiées que le *Roman
de la Rose* avait mises à la mode. Ce n'est pas là
qu'il faut chercher l'originalité de Dante et la
nouveauté de sa création artistique; cet épisode,
unique en son genre dans l'Enfer, relève d'une
poétique qui était déjà surannée au moment où
Dante écrivit les scènes suivantes.

---

1. Voir O. Bacci dans la *Lectura Dantis* (Sansoni, Florence),
du chant VII.

III.

Un des éléments d'intérêt, et non des moindres,
que renferme le poème de Dante réside dans la description, aussi vraisemblable, raisonnable et réaliste que possible, d'un voyage purement fantastique. Que d'incidents curieux ou saisissants n'y
relève-t-on pas, depuis la traversée du Styx et
l'arrivée à la porte de la cité infernale, le passage
du Phlégéthon sur la croupe du centaure Nessus,
l'utilisation d'une digue le long du même cours
d'eau pour franchir la lande embrasée, la descente
au huitième cercle sur le dos de Géryon, et au
neuvième dans la main du géant Antée, les épisodes mouvementés auxquels donne lieu la visite
des « Malebolge », jusqu'à la marche sur la glace
du Cocyte et au passage d'un hémisphère à l'autre,
le long du corps monstrueux de Lucifer! La topographie de toutes ces régions, les visions rapides
mais frappantes du paysage infernal, les obstacles
rencontrés, les secours arrivés à point, les gym-
nastiques périlleuses ont fourni à Dante une
longue série de motifs, d'où il a tiré des effets
d'une variété surprenante, et qui sont un des
attraits caractéristiques de la poésie de l'Enfer.

Cet attrait fait totalement défaut dans les
chants III à VII. Nous lisons, au début du
chant III, la célèbre inscription gravée au-dessus

de la porte de l'enfer; mais où cette porte est-elle située? Comment y accède-t-on? Avant d'y arriver, Dante a simplement dit :

> Intrai per lo cammino alto e silvestro (II, 142),

ce qui est vague, tellement vague que certains commentateurs identifient naturellement ce chemin avec la « Selva oscura » du début, mais que d'autres l'orientent d'un côté tout différent[1]. La porte est grande ouverte; mais ce détail n'est formellement signalé et expliqué qu'à la fin du chant VIII : lors de sa descente au Limbe, le Christ avait forcé en cet endroit la résistance des diables, et depuis lors la porte n'a plus été fermée[2]. C'est une ingénieuse façon de concilier une tradition chrétienne avec le vers célèbre de Virgile :

> Noctes atque dies patet atri janua Ditis (*Énéide*, VI, 127).

---

1. Voir, par exemple, le commentaire de F. Torraca (Roma-Milano, Albrighi e Segati) et les planches dessinées par G. Agnelli (tavola IV) dans L. Polacco, *Tavole schematiche della Div. Commedia* (Milan, Hoepli). — J'ai tenu à signaler ces hésitations des exégètes, ici comme pour le vers V, 34, parce qu'elles sont un fait. A quoi on objecte que s'arrêter à ce fait est l'indice d'un petit esprit, qui ne sent pas la grandeur de cette imprécision, qui se montre incapable de comprendre que « ce paysage, plongé dans un air de profond mystère, était l'expression adéquate de l'imagination dantesque » (*Giorn. Stor.*, ibid.). Pourrai-je dire que, en d'autres passages, l'expression adéquate est d'une précision rigoureuse, d'une netteté de contours obsédante? Dante a donc eu plusieurs façons de traduire sa vision. On a le droit, je pense, de les définir et de les distinguer.

2. Chant VIII, v. 126; voir encore XIV, v. 86-87.

Mais si cette porte est déjà une réminiscence de la « janua Ditis », il est un peu surprenant qu'on rencontre au chant VIII la porte de la « Città di Dite », jalousement gardée, celle-là. Ces deux inventions se complètent, si l'on veut; mais on pourrait soutenir aussi qu'elles s'accordent faiblement. La première suffisait dans un plan fondé sur le classement des péchés capitaux; la seconde s'explique seulement par l'addition d'une enceinte nouvelle, renfermant les cercles du « bas enfer ».

Au delà de la première porte jusqu'au bord de l'Achéron s'étend une « sombre plaine » (III, 130) : aucune autre indication n'est donnée, ni sur la région habitée par les ombres de ce vestibule infernal, ni sur le fleuve que Caron fait passer aux damnés. Dante ne dit même pas comment il franchit ce premier obstacle; nous ne le voyons pas entrer dans la barque : tout à coup la terre tremble, un éclair rougeâtre déchire la nuit, et le poète s'évanouit (fin du ch. III); un bruit de tonnerre le réveille, et il se trouve au bord de l'abîme. C'est un escamotage, d'autant plus digne de remarque qu'en aucun autre endroit Dante ne fait intervenir les forces de la nature d'une façon aussi arbitraire; il s'applique toujours à indiquer la cause du phénomène. Un tremblement de terre a provoqué l'éboulement de la falaise qui domine le séjour des violents (ch. XII) et la rupture des ponts au-dessus de la sixième fosse du huitième cercle (ch. XXI); ce tremblement de terre est celui qui accompagna la mort du Christ et sa descente aux enfers. Dans le Purgatoire (ch. XX), Dante sentira le sol onduler sous ses pas, mais il expliquera aussitôt ce qui provoque ce tressaillement : un des pénitents de la sainte montagne est délivré, définitivement admis à la béatitude. Quelles sont, au chant III de l'Enfer, la cause et la signification de ce tremblement de terre et de cet éclair, à la faveur desquels Dante est mystérieusement transporté d'une rive de l'Achéron à l'autre? Nous ne le saurons jamais.

Voici les deux poètes au bord de « la douloureuse vallée d'abîme », et Virgile avertit son compagnon qu'ils vont « descendre dans le monde des ténèbres ». Comment s'effectue cette descente? Sommes-nous en présence d'une pente douce ou d'un précipice? Et, dans ce dernier cas, par quels moyens Dante, qui traîne avec lui le fardeau de son corps mortel, se tire-t-il de ce mauvais pas? Ce problème sera maintes fois résolu, à partir du chant VIII, de la façon la plus ingénieuse et la plus imprévue; ici la question n'est même pas posée. Virgile, est-il dit simplement, introduit Dante

> Nel primo cerchio che l'abisso cigne (IV, 24).

La portion de ce cercle réservée aux grands hommes qui, en dehors du christianisme, ont manifesté de hautes vertus, est décrite avec une précision dont plusieurs traits rappellent les Champs-Élysées de Virgile; je n'y reviens pas. Puis la sortie du Limbe est aussi brièvement indiquée que l'a été l'entrée :

> Così discesi del cerchio primaio
> Giù nel secondo che men luogo cinghia... (V, 1-2).

Le supplice des âmes de ce second cercle, décrit avec une grande force et une admirable poésie, laisse pourtant planer quelque incertitude sur un détail déjà discuté : le mot *ruina*, au vers 34, semble désigner une particularité topographique; mais l'expression stimule l'imagination du lecteur plus qu'elle ne la satisfait. Quant à la descente au troisième cercle, elle est escamotée comme le passage de l'Achéron : l'émotion qu'éprouve le poète en écoutant le récit de Francesca est telle qu'il s'évanouit; et quand il se réveille il est dans le cercle de la gourmandise. Il n'y a cette fois ni éclair ni tonnerre; mais la répétition du procédé est rendue plus évidente par le mouvement identique du dernier vers des chants III et V. Dante ne s'exposera plus à pareille répétition.

La traversée du troisième cercle ne donne lieu à aucune description de paysage infernal, et la sortie en est simplement indiquée par ces mots dépourvus de relief :

> Venimmo al punto dove si digrada (VI, 114);

nous apprenons cependant que les deux voyageurs descendent une pente rocheuse :

> ... lo scender questa roccia (VII, 6).

Pour la première fois, à la fin du chant VII, apparaît un détail topographique précis : les poètes traversent le quatrième cercle dans sa largeur, jusqu'au bord qui domine le cercle suivant :

> Noi ricidemmo lo cerchio a l'altra riva (VII, 100).

Là se trouve une source bouillonnante, dont les flots noirs se déversent par une sorte de fossé dans la région inférieure, et les poètes suivent le chemin que s'est ainsi frayé le torrent jusqu'au marais que ses eaux forment ensuite; puis ils contournent une partie de ce marécage circulaire, — le Styx, — dont ils longent le bord extérieur, et ils arrivent enfin au pied d'une tour. On distingue donc ici, chez Dante, l'intention, encore timide, mais positive, d'adopter une nouvelle méthode descriptive.

Cette intention s'affirme avec éclat dès les chants VIII et IX, où les incidents du voyage occupent tout à coup la plus large place. Nous apprenons aussitôt, en effet, qu'au sommet de la tour s'allument deux torches[1], et qu'en réponse à

---

1. Ce détail n'avait pas été envisagé au moment où le poète terminait le chant VII, en sorte qu'au début du chant VIII il est obligé de revenir un peu en arrière. Il avait écrit : « Ve-

ce signal un feu apparaît sur l'autre rive du Styx, « si loin que l'œil a peine à le distinguer ». C'est la première fois que Dante fournit à l'imagination du lecteur une donnée qui permette d'apprécier les distances et de concevoir les dimensions du paysage, — donnée très vague sans doute, mais pourtant suggestive, car elle oblige à se représenter de très vastes horizons : dans la nuit un feu se voit de loin ! Jusqu'alors le cadre du récit risquait d'apparaître trop étroit : le poète s'était borné à remarquer que les cercles sont graduellement d'un plus petit diamètre (V, 2); pas une fois il n'avait suggéré une vision de grandes proportions[1]. Mais ici, tout à coup, on découvre des perspectives immenses ; l'imagination du poète lui-même paraît s'être brusquement élargie et comme transformée.

Après nous avoir fait apercevoir ces lointains encore insoupçonnés, Dante multiplie les détails précis. Une barque s'avance, rapide comme une flèche, montée par un seul nautonnier; c'est Phlégias, auquel Virgile adresse quelques mots qui apaisent la rage inutile du démon. Dante monte alors dans le léger esquif, et celui-ci, alourdi par

---

nimmo al pié d'uha torre », et maintenant il ajoute : « Assai prima Che noi fussimo al pié dell' alta torre... »

1. Ainsi l'expression « Il primo cerchio che l'abisso cigne » (IV, 24) est peu suggestive. Dans la suite, au contraire, Dante indique des mesures qui confondent l'imagination. Voir ci-après, *Réalisme et fantasmagorie, etc....*

la présence insolite d'un vivant, enfonce plus qu'il
ne le fait jamais. Ce détail complète l'imitation
de Virgile, que le poète avait tronquée dans l'épisode de Caron, lorsqu'il avait passé sous silence
la traversée de l'Achéron ; en même temps, il
fournit un prétexte ingénieux à l'intervention de
Filippo Argenti ; car si le damné ne voyait pas la
barque avancer péniblement, immergée jusqu'au
bord, il ne pourrait pas reconnaître qu'elle porte
un passager « venu avant l'heure ».

La scène violente, qui se déroule ensuite, une
fois terminée, Dante commence à découvrir les
murailles rougeoyantes, et d'abord les tours de
la forteresse infernale, de la « Ville de Dis[1] » ;
puis la barque quitte le marais du Styx pour
s'engager dans les canaux qui servent de fossés
aux remparts, et Phlégias doit leur en faire parcourir. « un long arc de cercle » (VIII, 79) avant
de les déposer à la porte. Celle-ci est gardée par
une innombrable légion de diables, avec lesquels
Virgile essaie de parlementer, mais sans obtenir
cette fois l'effet attendu ; ses raisons, jusqu'alors.

---

1. Ici on relève un détail précis, mais assez déconcertant; le
poète aperçoit d'abord les tours de la ville en contre-bas : « Già
le sue meschite Là entro certo nella valle cerno » (VIII, 70-71) :
cela serait très clair si le poète voyageait en montagne; mais
il traverse un marais sur une barque! Il semble bien que
Dante ait imaginé la surface de tous les cercles légèrement
inclinée vers le centre, même quand il s'agit d'un fleuve; au
neuvième cercle, la surface gelée du Cocyte paraît aussi être
en pente.

irrésistibles, se heurtent ici à une opposition
obstinée, et cet incident vaut au lecteur, outre
maints détails pittoresques, la première occasion
d'assister aux très vives inquiétudes que Dante
éprouvera encore plus d'une fois dans des circonstances analogues. Sa peur est aggravée, au
chant suivant, par l'effrayante apparition des
trois Furies et par la menace de Méduse. Il faut
que Virgile intervienne pour défendre efficace-
ment son protégé contre un danger redoutable,
et nous voyons ainsi se dessiner la tendresse vigi-
lante du guide, la confiance un peu craintive du
disciple, qui vont donner, dès ce moment, un
caractère si charmant à l'amitié réciproque de
Virgile et de Dante, dans toutes les péripéties de
leur voyage. Enfin arrive le secours espéré, l'envoyé céleste, si digne, si fier, si pressé de quitter
cette atmosphère épaisse, aussitôt sa mission
remplie. Ici s'affirme, avec une force jusqu'alors
inconnue dans la description pure, la puissance
évocatrice du génie de Dante; et c'est un tour de
force qu'il a accompli en mettant côte à côte,
dans le chant IX, une scène du merveilleux païen,
grimaçant, hideux, impuissant, et une apparition
divine, calme, pure, irrésistible.

Dante, ensuite, pénètre avec curiosité dans l'enceinte mystérieuse, et il la trouve déserte : c'est
un vaste cimetière où les tombes découvertes
sont environnées de flammes; et pour bien nous

mettre sous les yeux la physionomie singulière
de cette région nouvelle, le poète recourt à des
comparaisons tirées de paysages réels : il cite la
nécropole de Pola et les Aliscamps d'Arles, et il
ne tardera guère, dans un but analogue, à évoquer d'autres tableaux de nature célèbres, —
les éboulements de la vallée de l'Adige, la Ma-
remme entre Cecina et Corneto, le Bulicame de
Viterbe, les digues de la Brenta et celles de
Bruges[1]...

Ce rapide coup d'œil sur les chants qui suivent
immédiatement le septième montre assez le
nombre et l'importance des éléments poétiques
nouveaux qui apparaissent brusquement, dès le
moment où le poète atteint la rive du Styx. Il
faut ajouter qu'à partir du même instant les gardiens des différents cercles prennent un rôle plus
actif et plus pittoresque, soit qu'ils résistent au
passage des nouveaux venus, — tels les démons
de la porte infernale, le Minotaure et les diables
ailés des chants XXI-XXII, — soit qu'ils les
secondent docilement et facilitent leur voyage, —
tels les Centaures, Géryon, le géant Antée ; —
leur portrait, leurs gestes, leurs mouvements et
leurs propos donnent lieu à de véritables épisodes,

1. A dire vrai, il y a bien, dans les premiers chants, la comparaison de Charybde et Scylla (VII, 22) ; mais elle appartient
au répertoire des figures classiques les plus courantes et est
appliquée d'une façon assez contestable au choc des avares et
des prodigues.

où s'affirment la richesse et la variété de l'imagination du poète.

Les démons gardiens des premiers cercles sont loin de présenter le même intérêt. Parmi eux, les figures les plus soigneusement dessinées sont Caron et Minos. Celle du batelier de l'Achéron procède très directement de Virgile, d'ailleurs avec l'addition de quelques touches magistrales qui renouvellent la figure du personnage et l'animent d'une vie nouvelle. Quant au juge des Enfers, représenté ici sous les traits d'un diable et affublé d'une longue queue, qui peut s'enrouler jusqu'à huit et neuf fois autour de son corps, c'est une fort curieuse adaptation à un personnage classique des traits sous lesquels l'imagination populaire se représentait les suppôts de Satan. Au delà du Styx, Dante a pris un autre parti : il nous présente des diables proprement dits, — à l'entrée du sixième cercle et dans diverses subdivisions du huitième, — ou bien des êtres mythologiques auxquels il conserve assez exactement leur physionomie traditionnelle, — les Furies, les Harpies, les Centaures, les Géants[1]. Du reste, Minos a pour seule fonction d'assigner aux damnés la place qu'ils doivent aller occuper ; il se tient à l'entrée du second cercle, mais il n'est aucune-

---

1. Géryon fait exception ; ce n'est ni un diable ni le personnage connu des poètes anciens ; il a l'aspect d'un monstre apocalyptique.

ment préposé à la garde des amants passionnés ;
il ne fait au passage de Dante qu'une opposition
de pure forme. Les deux démons mythologiques,
qui sont, à proprement parler, des gardiens de
cercles, sont Cerbère et « Pluto ».

Le Cerbère dantesque a conservé du chien
infernal à trois gueules l'aboiement perpétuel et
la voracité qui fait de lui le représentant symbolique de la gourmandise ; il contribue au supplice
des damnés en les assourdissant de ses hurlements, en les griffant et en les dépeçant. Il a
d'ailleurs l'apparence d'un diable plutôt que d'un
chien ; car sa « bârbe est grasse et noire, son
ventre large, ses mains armées d'ongles crochus ».
Sa résistance au passage des poètes est peu sérieuse : dans l'*Énéide*, pour éluder la surveillance
de ce gardien redoutable, la Sibylle avait eu soin
de préparer un gâteau où le miel s'unissait à des
drogues soporifiques ; elle le lui jetait, et Cerbère
ne semblait pas même voir Énée franchir l'entrée[1]. Dante simplifie à l'extrême ces précautions : son guide ramasse de la terre à pleines
mains et la jette dans les gueules béantes du
monstre, qui se tient pour satisfait. En présence
d'une semblable plaisanterie, peu de chiens véritables se montreraient d'humeur aussi accommo-
dante !

Le gardien du cercle suivant exprime sa rage

---

1. *Énéide*, VI, v. 420 et suiv.

et sa menace en un langage incompréhensible, le
langage des diables apparemment : « Pape Satan,
pape Satan aleppe! » (VII, 1), dont l'interprétation a donné beaucoup de fil à retordre aux commentateurs. Dante a été bien inspiré en ne recou-
rant pas souvent à cet artifice un peu puéril; et
s'il s'en est servi encore au chant XXXI (v. 67),
pour faire parler Nemrod, ce nouvel essai est bien
différent du premier; car, d'une part, il a clairement indiqué que personne ne pouvait comprendre le langage du géant (v. 80-81), et, de
l'autre, il explique la cause de ce fait : Nemrod a
dirigé la construction de la tour de Babel et il
reste le témoin de la confusion des langues
(v. 77-78). Les deux vers en langue inconnue que
renferme l'Enfer, l'un vers le début, l'autre vers
la fin, contribuent donc à rendre plus sensible le
contraste entre certaines indications un peu sommaires et énigmatiques des premiers chants, et
l'art si rigoureusement logique, si exact et si soucieux de justifier tous les détails, qui s'observe
dans la suite.

Mais un autre problème se pose. Ce gardien du
quatrième cercle s'appelle « Pluto »; que signifie
ce nom? La première idée qui se présente est de
reconnaître ici Pluton, désigné par la forme du
nominatif latin de son nom[1]. Cependant on est

1. Dante dira de même par la suite *Juno*, *Plato*, *Scipio*,
decurio, etc.

un peu surpris de voir à cette place le roi des
Enfers, préposé à la surveillance d’un cercle particulier, ni plus ni moins que Cerbère, d’autant
plus que sous le nom de Dis, tant de fois employé
par Virgile, nous le retrouverons tout au fond de
l’abîme, désigné par sa qualité véritable :

> Lo’mperador del doloroso regno,

et décrit avec toute l’ampleur qui convient à son
rang. Comment Dante a-t-il pu être amené à
dédoubler ainsi Pluton pour lui faire jouer deux
rôles aussi disproportionnés ? En présence de
cette difficulté, qui est sérieuse, on a songé à reconnaître dans le gardien du cercle des avares et
des prodigues Plutus, dieu des richesses, qui
semble en effet bien qualifié pour présider au
châtiment de ces damnés.

L’explication, qui peut paraître séduisante,
n’est aucunement acceptable. D’abord Virgile,
qui a fourni à Dante tout le personnel auxiliaire
de son Enfer, ne fait aucune mention de Plutus ;
et, parmi les poètes latins, le seul à ma connaissance qui le nomme est le fabuliste Phèdre, que
Dante ne pouvait avoir lu, — encore Phèdre nous
montre-t-il en Plutus une divinité non de l’Enfer,
mais de l’Olympe[1]. — En second lieu, les plus

---

1. Phèdre, 4, 11. Hercule, admis au ciel, y reçoit l’accueil le
plus empressé de tous les dieux; quand Plutus s’avance à son
tour pour le féliciter, le héros lui tourne le dos : « Celui-là,

anciens commentateurs de Dante, à commencer
par son fils Pietro, n'ont jamais songé à Plutus :
« Comme démon préposé à ce cercle, dit Pietro,
l'auteur imagine qu'il rencontre Pluton, fils,
disent les poètes, de Saturne et de Cybèle; et il
est appelé *Dis* ou *Dites*, parce que les richesses
naissent en terre et de la terre, et d'elles, ou à
cause d'elles, procède l'avarice[1]. » En présence
d'un témoignage aussi formel, il n'y a pas à con-
server le moindre doute. D'ailleurs Dante appelle
son « Pluto » *il gran nemico*, ce qui peut bien
signifier, au point de vue de l'allégorie morale,
que l'argent est le grand corrupteur du monde;
mais au sens littéral, comme l'a bien remarqué
Boccace[2], l'expression équivaut à « il gran demo-
nio », ce qui revient à dire : le plus puissant des
diables, donc le roi des enfers.

Reste la difficulté réelle du dédoublement du
personnage, que Dante aurait ainsi fait paraître
successivement sous les noms de « Pluto » et de

dit-il, est l'ami des méchants. » Les fables de Phèdre n'ont
été retrouvées qu'à la fin du xvᵉ siècle.

1. Boccace, le premier, a eu connaissance, par son maître
de grec, Léonce Pilate, de Plutus, qu'il appelle un second Pluton, mais qui est bien le fils d'Iasios et de Déméter dont
parlent les hymnes homériques et Hésiode; cela n'empêche
pas Boccace de conclure : « Ma molto meglio si conformerà
al bisogno quest' altro Plutone del quale si legge che... fu
figliuolo di Saturno... Costui finsero gli antichi essere re dell'
Inferno »; puis il répète fort exactement l'explication de Pietro
di Dante (*Comento*, éd. D. Guerri, t. II, p. 227-228).

2. *Ibid.*, p. 183.

« Dite », sous deux formes et dans deux fonctions très différentes. Mais cette difficulté s'évanouit, si l'on admet qu'au moment où il composa les chants VI et VII, Dante n'avait encore conçu ni le plan du bas enfer, ni le rôle que devait y jouer « Dite », identifié avec Lucifer, le rebelle, le traître, le génie du mal[1]. Dans cette hypothèse, il s'agirait de deux conceptions distinctes, nullement contemporaines, puis juxtaposées tant bien que mal.

Tels sont les principaux indices, purement intrinsèques, qui imposent à l'esprit du lecteur réfléchi, mais non prévenu, l'idée que la composition de l'Enfer a dû être interrompue, en un point qu'il est facile de reconnaître, par une période de méditation et de recueillement, dont il est impossible, *a priori*, de supputer la durée. Lorsque le poète se remit à l'œuvre, son plan se trouva élargi, enrichi d'éléments plus variés, plus attachants, et Dante avait acquis une claire conscience des ressources nouvelles que son sujet

---

1. On remarquera encore les vers 11-12 du ch. VII, où l'évocation de l'archange Michel et de « l'orgueilleuse rébellion », par laquelle Virgile fait taire la rage de *Pluto*, confirme que, dans la pensée de Dante, ce démon était déjà une incarnation de Lucifer. — Le dédoublement du personnage unique Dis-Pluton est formellement admis par M. F. Torraca dans son excellent commentaire, au v. VI, 145 : Pluto est Dis, mais le poète lui a donné deux affectations distinctes. Cette intéressante remarque, qui n'avait pu m'échapper, est utilement confirmée par le compte-rendu plusieurs fois cité du *Giornale Storico*, t. LXXV, p. 280.

allait fournir à son génie. L'opposition entre les premiers chants et la suite n'apparaît pas distinctement aux commentateurs, parce que ceux-ci, connaissant tout le poème et habitués à le considérer en bloc; sont amenés d'instinct, et aussi par système, à expliquer, à compléter les peintures un peu sèches des premiers cercles au moyen de ce que les suivantes leur ont appris depuis longtemps. Mais, pour que cette méthode fût légitime, il faudrait d'abord démontrer qu'en rédigeant les chants III à VII Dante avait présents à l'esprit, et supposait connus des lecteurs, les chants VIII à XXXIV. Cette démonstration paraît assez malaisée.

IV.

Parvenu, dans son commentaire de l'Enfer, aux premiers mots du chant VIII, *Io dico seguitando...*, Boccace rapporte ce qu'il avait entendu dire à un neveu du poète, Andrea di Leone Poggi, avec lequel le conteur était lié, et qu'il aimait à interroger sur les faits et gestes du grand exilé[1].

Lorsque Dante alla chercher asile à Vérone, au temps où les chefs du parti des Cerchi durent quitter Florence, c'est-à-dire à la fin de 1301, sa

---

1. *Comento di G. Boccaccio*, t. II, p. 262 et suiv. (éd. D. Guerri). Le même récit, moins détaillé, figure aussi dans le *Trattatello in laude di Dante*.

femme Gemma, sur le conseil de quelques amis, enferma dans des coffres tous les papiers du « fuoruscito » et les fit mettre en lieu sûr ; ils échappèrent ainsi, quand le poète fut condamné comme rebelle et concussionnaire, au pillage et à l'incendie. Mais cinq ans plus tard, diverses personnes réclamèrent les intérêts auxquels elles avaient droit sur les biens des exilés, et obtinrent satisfaction ; Gemma fit alors ouvrir les coffres, afin d'en tirer les pièces dont elle avait besoin pour toucher les intérêts de sa dot. Par la même occasion, on retrouva, parmi ces papiers, diverses poésies, sonnets et canzoni, et aussi un cahier contenant un poème plus long, qui fut montré à un bon poète florentin de ce temps, Dino Frescobaldi. Celui-ci jugea l'œuvre remarquable ; mais, comme elle était inachevée, il la fit remettre à Dante, ou plutôt au marquis Moroello Malaspina, auprès duquel Dante se trouvait alors, en Lunigiana. Ce cahier renfermait les sept premiers chants de l'Enfer, que le marquis engagea vivement son hôte à poursuivre ; celui-ci, frappé de la circonstance providentielle qui lui remettait sous les yeux l'œuvre à peine ébauchée, et qu'il croyait perdue, se remit au travail et commença le nouveau chant par ces mots : *Io dico seguitando...*

Cette histoire tend donc à prouver que les premiers chants sont antérieurs à l'exil du poète ; la reprise daterait de 1306.

Pendant longtemps, au siècle dernier, le témoignage de Boccace, en ce qui concerne la vie de Dante, a été accueilli avec le plus grand scepticisme : le malicieux conteur, disait-on, voulait faire passer ses fantaisies pour de l'histoire ; mais il était trop visible que cette prétendue découverte des sept premiers chants n'avait été imaginée que pour expliquer l'expression, insolite en effet : *Io dico seguitando...* — Une appréciation plus équitable du caractère et de l'œuvre historique de Boccace a permis de rectifier ce jugement trop sommaire. Lorsqu'il brode à sa guise, par exemple, sur la rencontre de Dante et de Béatrice enfants à la fête du 1ᵉʳ mai, ou sur le rêve de la mère du poète, Boccace n'essaie pas de mystifier ses lecteurs en leur donnant ses inventions pour des réalités : il fait purement œuvre de poète. Mais quand il invoque, à l'appui d'un fait précis, l'autorité d'un témoin digne de foi, et surtout lorsqu'il nomme ce témoin, il n'y a aucune raison pour mettre en doute la réalité du témoignage qu'il cite ; il peut lui arriver d'en user sans beaucoup de critique, mais il ne l'invente pas ; car il n'est pas de l'école des « Cantastorie » qui, à tout bout de champ, se couvraient de l'autorité de Turpin pour faire accepter leurs plus invraisemblables écarts d'imagination. On s'est aperçu que certains auteurs, longtemps tenus pour fantaisistes, que Boccace invoque dans ses œuvres latines, ne sont nullement des produits de son imagination[1]. Sans aucun doute, Andrea Poggi, neveu de Dante, lui a bien raconté l'anecdote des sept premiers chants.

Mais il y a plus. Le même récit avait été fait à Boccace par un autre Florentin, Dino Perini, qui fut, dans sa jeunesse, un témoin des dernières années de Dante à Ravenne[2], et que le conteur a pu rencontrer, interroger dans cette ville. Identiques pour tout le reste, les deux récits ne variaient que sur un point : Dino Perini, comme Andrea Poggi, revendiquait l'honneur d'avoir retrouvé lui-même, dans les coffres de Monna Gemma, les poésies de Dante et le fameux cahier renfermant les sept chants[3]. L'un des deux assurément se vantait, — peut-être les deux à la fois, — mais il est improbable qu'ils aient inventé séparément la même histoire; et ainsi on peut tenir pour établi que le fait était couramment raconté dans la famille et parmi les amis du poète exilé. Nous sommes donc autorisés à tenir pour très ancienne et de bonne origine la tradition selon laquelle, après l'exil de Dante, des fragments poétiques ont été retrouvés parmi les pa-

---

1. Serenus, Theognidus, Theodontius; voir Paget Toynbee dans le *Bulletin italien* de 1913 (t. XIII), p. 1 et suiv., et aussi dans les *Studii su G. Boccaccio* (1913), p. 165, 167 et 168.

2. Voir Corrado Ricci, *l'Ultimo rifugio di Dante*, p. 99 et suiv.

3. *Comento*, t. II, p. 264.

piers que Gemma avait hàtivement mis en sûreté.

Pour faire un pas de plus en avant, il faut, de toute nécessité, entrer dans la voie des hypothèses. En ce qui concerne l'identification des fragments retrouvés avec les premiers chants de l'Enfer, le témoignage de Boccace est en effet sans valeur, car ce n'est pas lui qui a vu le cahier mystérieux; c'est peut-être Andrea Poggi, lequel, au témoignage de Boccace, était un homme sans instruction, « uomo idioto »; c'est peut-être aussi Dino Perini, que Dante, dans une de ses églogues latines, présentait, en 1320, comme un jeune homme sans grande autorité[1]; c'est, à coup sûr, Dino Frescobaldi, mais son témoignage direct nous fait défaut[2]. Il se peut donc fort bien que l'ébauche retrouvée en 1306 n'ait rien eu de commun avec le début de l'Enfer. A cette possibilité s'attachent avec empressement tous ceux, et ils sont nombreux, qui répugnent à l'idée que Dante ait pu commencer son poème avant l'exil. Cette répugnance est grande[3]; mais il faut savoir re-

---

1. Dino Perini serait le Meliboeus de la première églogue de Dante; celui-ci lui dit : « Pascua sunt ignota tibi quæ Maenalus alto Vertice declivi, celator solis, inumbrat... »

2. Sur la connaissance que D. Frescobaldi a eue des sept premiers chants de l'Enfer, voir pourtant I. M. Angeloni, *D. Frescobaldi e le sue rime* (Turin, 1907), p. 47-54.

3. Je tiens à dire combien je l'ai personnellement éprouvée; mon volume sur *Dante*, publié en 1911, est, en maints passages, inspiré par cette répugnance, notamment p. 173-177 et

garder les problèmes en face, sans égard pour les préférences personnelles et les habitudes prises. Or, d'une part, nous nous trouvons en présence d'une tradition respectable, qui parle d'un poème interrompu, retrouvé et repris avec une ferveur nouvelle, et de l'autre, indépendamment des témoignages recueillis par Boccace, le seul examen du texte de l'Enfer amène à constater un changement très marqué dans les développements du poème, tout juste à partir du chant VIII. Peut-on éviter d'établir une relation entre ces deux faits? Et pourquoi devrait-on l'éviter?

On devrait l'éviter principalement pour une difficulté très sérieuse que Boccace, si dépourvu de critique qu'on le représente, n'a pas manqué de soulever : Ciacco (VI, 64-72) prédit la chute des Blancs, survenue en novembre 1301, et il ajoute que longtemps le parti adverse (celui des Noirs) persécutera les vaincus :

> Alte terrà lungo tempo le fronti
> Tenendo l'altra sotto gravi pesi.

Comment Dante a-t-il pu écrire ceci avant d'avoir quitté Florence avec les principaux partisans des Cerchi? On est amené tout naturellement à considérer ce morceau comme postérieur

p. 194-198. Aussi puis-je sourire quand je lis que je suis victime d'une « autosuggestion critique » et incapable de dominer mon désir de justifier mes propres suppositions.

à 1301, et même de quelques années, pour que le poète ait eu le temps de se convaincre que les Blancs ne réussissaient pas à reprendre le pouvoir.

Cependant deux autres explications sont possibles. D'une part, il est permis de songer à une addition faite après coup; il ne s'agirait que de deux tercets ajoutés (v. 67-72), moyennant une très légère rectification de rimes; car les autres allusions aux événements de mai 1300 à 1301, contenues dans les vers 64-66, peuvent avoir été formulées par Dante avant de quitter Florence. Une réponse en trois vers satisferait très suffisamment à la première demande de Dante (v. 60-61); aussi bien, ses deux autres questions (62-63) n'obtiennent-elles ensemble que trois vers de réponse (73-75).

Mais, d'autre part, il y a lieu de considérer de plus près la forme, un peu sibylline, sous laquelle sont annoncés l'exil des Blancs, leurs condamnations et le triomphe prolongé des Noirs : les premiers doivent succomber avant que soient accomplies trois révolutions solaires, donc trois ans. Puisque la date supposée de l'entretien est la fin de mars ou le début d'avril 1300, l'événement devait se produire avant la fin de mars 1303, date très vague, délai inutilement prolongé, puisque les partisans de Vieri dei Cerchi s'enfuirent avant la fin de 1301 et que Dante fut condamné par défaut en janvier et en mars 1302. Cette absence de précision permet de supposer qu'entre juin et décembre 1301, après le triomphe momentané du parti des Cerchi, mais en présence des intrigues et des menaces de moins en moins déguisées des Donati, et au milieu du trouble profond qui régnait dans la ville[1], Dante a compris que les fautes de son parti, que ses timidités et ses maladresses en face d'un ennemi entreprenant et sans scrupule le condamnaient à une défaite prochaine et irréparable. Dans une de ces heures de découragement, où il nous arrive de sentir le sol se dérober sous nos pas, il aurait écrit : « Avant trois ans ! Et ce sera la persécution ! » Certes, la prévision pouvait être démentie par les faits ; Dante en aurait été quitte pour la supprimer par la suite, — mais elle pouvait aussi se trouver justifiée, et il suffisait peut-être d'un sens politique à peine au-dessus du médiocre pour la risquer[2]. De ces deux solutions, aucune n'est certaine ; aucune pourtant ne mérite d'être formellement rejetée *a priori*.

Les autres objections sont moins troublantes.

1. I. del Lungo, *Da Bonifazio VIII a Arrigo VII*, p. 153-154.
2. Plus tard, en rédigeant le chant XXXIII du Purgatoire (v. 10-50), Dante paraît bien avoir eu aussi en vue un événement à venir, auquel il assignait une date, et qui, d'ailleurs, ne s'est pas produit. Voir E. G. Parodi, *la Data della composizione e le teorie politiche dell' Inferno e del Purgatorio*, dans le volume *Poesia e storia nella Div. Commedia (Studi critici)*; Naples, 1921.

Une théorie a été formulée avec beaucoup d'autorité il y a quarante ans[1], d'après laquelle l'exil seul a ouvert au génie de Dante des horizons entièrement nouveaux : sa souffrance particulière lui a révélé le mal universel. Avant cette tragique épreuve, il n'était que le poète exquis de la *Vita Nuova* ; la vision du mal triomphant dans le monde, qui est le sujet de l'Enfer, est un thème qu'il n'a pu concevoir dans sa plénitude qu'après avoir fait personnellement l'expérience de la méchanceté des hommes. Dans cet ordre d'idées, Carducci avait proposé dès 1874, dans un sonnet sarcastique, d'élever une statue à Messer Cante de' Gabrielli da Gubbio, le magistrat inique qui a prononcé contre Dante une condamnation infamante ; et il l'appelait, avec une exagération caricaturale,

O primo, o solo inspirator di Dante[2]!

Nul ne songe à contester la profonde vérité de cette théorie, caricature à part ; car, assurément, l'Enfer, dans son plan définitif, dans ses épisodes les plus amers, les plus violents, les plus typiques, est postérieur à la condamnation et à l'exil. Mais déclarer qu'avant 1302 Dante ne pouvait rien concevoir en dehors d'une allégorie amoureuse est une affirmation gratuite : pourquoi n'aurait-il

1. I. del Lungo, *Dell' esilio di Dante*, 1881.
2. Carducci, *Giambi ed Epodi*, XXVII.

pas été capable de traduire la passion de Francesca? Pourquoi, au milieu des luttes politiques, dans lesquelles il se jeta à corps perdu pendant les années 1300 et 1301, ne pouvait-il pas exprimer ses préoccupations patriotiques par la bouche de Ciacco, ou cingler de son mépris les indécis, les défaillants, les lâches, qui paralysaient l'action entreprise par les « justes » contre les forcenés?

Nous savons positivement, par les dernières lignes de la *Vita Nuova*, que peu d'années après la mort de Béatrice, donc à partir de 1292 environ, Dante caressa le projet d'élever à sa dame un monument poétique comme on n'en avait encore jamais vu. En quoi consistait « la merveilleuse vision » qui en devait former le motif central? Nous l'ignorons, puisque Dante ne l'a pas décrite; mais on a très ingénieusement supposé qu'elle devait avoir quelque rapport avec l'apparition de Béatrice dans le Paradis terrestre. Admettons-le; mais remarquons aussitôt que le premier acte, nécessaire, de cette scène, est contenu dans le second chant de l'Enfer, avec l'intervention de Lucie, de la Vierge, puis de Béatrice, qui envoie Virgile au secours du poète égaré. Pourquoi donc, même avant l'exil, l'itinéraire que Virgile devait faire suivre à Dante n'aurait-il pas comporté la visite des cercles infernaux, pour montrer comment sont châtiés « l'orgueil, l'envie, l'avarice » et les autres péchés qui pervertissent le monde? On sait d'ailleurs que, dans une canzone célèbre composée avant la mort de Béatrice, donc antérieure à 1290, Dante fait allusion à un propos qu'il pourra tenir quelque jour aux damnés; il leur dira :

O mal nati,
Io vidi la speranza dei beati[1]!

On sait aussi que tous les efforts dès interprètes, efforts intenses et très ingénieux, ont principalement tendu à expliquer ces mots de façon à écarter toute allusion à un projet de poème comportant une vision de l'enfer[2]. L'allusion y est cependant, en toutes lettres, et dans une strophe qui renferme aussi une vision du Paradis, l'une et l'autre associées à la pensée de Béatrice. On objecte vainement qu'aucun chant de l'Enfer ne renferme le propos annoncé; bien plus, Dante ne parle de Béatrice à aucun damné. Naturellement, avant 1290 il ne pouvait savoir encore par cœur les vers qu'il devait écrire une quinzaine d'années plus tard! Ces échappées de son imagination vers le séjour des âmes après la mort montrent seulement que son esprit était hanté par des visions de ce genre. Mais il semble que, en 1300-1301, le plan qu'il envisageait ait eu

---

1. Canzone *Donne che avete intelletto d'amore*, v. 46-47.
2. Voir tous les commentaires de la *Vita Nuova*, particulièrement celui de G. Melodia, qui rapporte un très grand choix d'interprétations de ce passage difficile.

encore des proportions modestes : la classification
des péchés y eût été simple ; les cercles, sans
grande envergure, auraient été parcourus assez
rapidement, animés seulement de place en place
par des scènes où le lyrisme du poëte et son sens
dramatique se seraient affirmés avec force.

Un détail du premier chant mérite encore de
retenir l'attention. La sombre forêt, qui tapisse
les pentes du ravin où le poëte s'est imprudem-
ment fourvoyé, a un rapport évident avec le
gouffre infernal : elle peut représenter allégori-
quement « l'état de misère résultant de la vie
livrée au vice[1] » ; et de même la belle montagne
que Dante voit se dresser devant lui, lorsqu'il
échappe à l'épouvante de la forêt, ce sommet
élancé vers le ciel que dorent les premiers rayons
du soleil bienfaisant, et que le pécheur brûle de
gravir, représente bien la perfection terrestre,
« l'état de bonheur résultant de la pratique de la
vertu[2] ». Il est impossible de ne pas apercevoir
une relation entre cette « montagne de délices »
et la montagne sacrée du Purgatoire, au sommet
de laquelle Dante a placé le Paradis terrestre,
séjour réservé dès la création du monde à l'humanité encore innocente, et où Béatrice apparaî-
tra au poëte. Ce qui est étrange, c'est que la montagne, aperçue dès les premiers vers, ne joue plus

1. F. Flamini, *I significati reconditi della Div. Commedia*,
1904, t. II, p. 14.
2. *Ibid.*

le moindre rôle par la suite ! La sinistre forêt est visiblement le chemin même de la damnation : on peut admettre qu'elle aboutit à la porte de l'enfer; c'est vers elle que Dante se voit rejeté par la menace des trois bêtes féroces ; c'est là qu'il rencontre Virgile venu du Limbe à son secours ; là enfin qu'il s'engage, à la suite de son guide, dans « le chemin profond et silvestre » (II, 142)[1]. Mais on ne retrouvera plus la montagne à peine entrevue de la félicité terrestre. Elle sera remplacée ultérieurement par le Purgatoire, et celui-ci, par sa situation aux antipodes de Jérusalem, au milieu de l'océan, ne peut, en aucun cas, être un retour à la vision du premier chant[2].

Un peu embarrassés par cette double figuration d'une même idée, les interprètes du poème admettent que la montagne du premier chant n'est qu'une allégorie préalable du Purgatoire : elle est « purement imaginaire et sans aucune localisation déterminée[3] ». Soit ; mais n'y a-t-il pas là un nouvel exemple de ces légers désaccords

1. F. Flamini (*op. cit.*, t. I, p. 85 et suiv.) estime même que, au fond du ravin où il s'est d'abord égaré, Dante est arrivé tout près d'un fleuve, qui serait la première mention des fleuves infernaux (« la fiumana ove il mar non ha vanto », II, 108).

2. Certains commentateurs ont cependant essayé, contre toute vraisemblance, de soutenir l'identité des deux montagnes, en particulier Vaccheri et Bertacchi (1881), dont la théorie et l'étrange plan qu'ils adoptent pour l'Enfer sont reproduits par Ed. Coli, *Il Paradiso terrestre dantesco;* Florence, 1897, p. 204 et suiv.

3. F. Flamini, *op. cit.*, I, p. 86.

déjà relevés à propos des quatre premiers cercles?
Dante avait placé l'un à côté de l'autre l'accès à
l'abîme de la damnation et la base de la riante
cime qui symbolise la perfection humaine; il a
d'abord essayé d'atteindre directement ce sommet, puis il en a été empêché par l'opposition
des trois bêtes; alors Virgile lui a dit : « Je te
tirerai d'ici à travers le séjour des peines éternelles, après quoi tu verras ceux qui se réjouissent
dans les flammes, parce qu'ils ont l'espoir de
gagner ainsi le salut; mais là, je te confierai à un
autre guide, à Béatrice. » Virgile ne parle donc
ici ni de franchir le centre de la terre ni de ressortir aux antipodes. Cela, nous l'apprendrons
beaucoup plus tard. Si l'on s'en tient au texte
initial, il semblerait naturel de penser que Virgile
connaît un chemin, qui, du séjour de la damnation éternelle, permet de rejoindre et de gravir
sans opposition la montagne d'où le poëte a
d'abord été rejeté : là se trouveront les âmes soumises aux peines temporaires du Purgatoire, et
au sommet se produira l'apparition rayonnante
de Béatrice.

V.

Mais c'est assez divaguer.
Tant d'hypothèses et de suppositions paraîtront
pour le moins inutiles, probablement fastidieuses,

à beaucoup de lecteurs. Si elles sont capables de
prouver quelque chose, c'est uniquement ceci : la
méthode qui consiste à expliquer systématique-
ment tous les détails des premiers chants de
l'Enfer par les épisodes les plus éloignés, même
du Purgatoire et du Paradis, a l'air de résoudre
beaucoup de délicats problèmes : en réalité, elle
les méconnaît, elle les dissimule, elle en détourne
l'attention.

Assurément, il est fort imprudent d'essayer de
marcher sur les nuages, comme on jugera peut-
être que je l'ai fait ici ; l'essentiel est pourtant de
ne pas confondre les nuages avec la terre ferme ;
moyennant cette précaution élémentaire, on peut
éviter un malheur : le malheur consisterait à
prendre nos imaginations pour des réalités. Or,
c'est un danger auquel est beaucoup plus exposée
une critique dogmatique, qui soutient avec autorité des théories notoirement fausses. Concevoir
la Divine Comédie comme un bloc de métal parfaitement homogène, sans aucune soudure, sorti
tel quel, en une fois, d'une forge prodigieuse,
c'est cultiver en nous le goût du surnaturel, que
notre raison repousse si résolument en d'autres
domaines. La nature elle-même ne procède pas
ainsi, et la cime la plus fièrement dressée des
Alpes ne s'est pas élancée d'un seul jet vers le
ciel, comme se le figure volontiers l'imagination
des foules ; un travail séculaire d'érosion en a mis

à nu les aiguilles, en a modelé le profil, et, dans les masses profondes qui la soutiennent, le géologue discerne les traces d'éruptions, de plissements successifs, au cours desquels se sont amalgamées les matières en fusion qui bouillonnaient dans les entrailles de la terre.

De toutes les hypothèses qui ont été faites touchant la composition de la Divine Comédie, la plus inacceptable reste celle qui tend à la renfermer dans le temps le plus court, en sept ans, de 1314 à 1321. C'est pourquoi beaucoup d'admirateurs de Dante, uniquement soucieux de mieux comprendre l'évolution de son génie, ont accueilli avec joie, en 1905, le très suggestif exposé, fait par mon excellent collègue E. G. Parodi, des variations politiques du poète dans ses trois « Cantiche » : il en ressort, avec une grande évidence, que l'Enfer, le Purgatoire et le Paradis représentent trois moments distincts de la pensée politique de Dante, avant 1308, de 1308 à 1313, de 1314 à 1321. Il me semble qu'on peut faire encore un pas de plus dans ce sens et ne pas fermer plus longtemps les yeux aux traces, contenues dans les sept premiers chants de l'Enfer, d'un plan primitif, infiniment plus modeste, sur lequel il aurait travaillé dès 1300-1301[1]. Cinq ou

1. Je tiens à rappeler ici qu'en 1904, en rendant compte du grand travail de M. Zingarelli sur *Dante* (Vallardi), M. Barbi s'étonnait de l'espèce de *non possumus* que le savant dantologue opposait à l'admission de tout ou partie de la tradition

six ans plus tard seulement, son génie, définitivement élargi par la douleur, conçut dans toute
sa plénitude la vision totale de la damnation, de
la purification et de la béatitude.

Paris, mars-avril 1918.

NOTE ADDITIONNELLE.

Cette étude a été rédigée à l'époque où Paris était
arrosé par les obus de la grosse Bertha et les torpilles
des Gothas :

Piovean di foco dilatate falde!

Au milieu des préoccupations de l'heure présente, de
l'angoisse qu'inspirait l'avenir, entre la lecture de deux
communiqués et la succession des alertes nocturnes, il
était précieux, il était salutaire de se ménager, quand on
le pouvait, un asile idéal de paix où l'on venait, quelques
instants chaque jour, penser à autre chose. Dante m'a
fourni ce refuge fragile et bienfaisant, dont j'aurais eu
quelque peine à me passer. C'est pour cela peut-être,
plutôt que par une confiance exagérée dans mes impressions et mes raisonnements, que j'ai tout de suite nourri
pour cet essai une certaine prédilection.

rapportée par Boccace; il écrivait notamment : « Poiché del
ritrovamento di queste carte di Dante non si dubita (è evidente che il Boccaccio narra in buona fede, e vero è il riscatto
dei diritti dotali di Gemma, e combina la data del ritrovamento
con quella della dimora del poeta in Lunigiana), chiediamoci :
è forse strano che Dante abbia cominciato un poema sul
genere della Commedia, non dico la Commedia tal quale ci
è pervenuta, prima dell' esilio ? » (*Bull. Soc. Dant.*, t. XI, p. 42).

Puis, le 1er août de la même année, parut, dans la *Nuova Antologia*, un article de M. Isidoro del Lungo, le vétéran de la critique dantesque, intitulé : *la Prepara-zione e la Dettatura della Divina Commedia, e per una « Vita di Dante »*. L'illustre historien de la vieille Florence y léguait par avance à de plus jeunes les idées directrices et le plan d'une Vie de Dante, que nous regrettons tous de ne pas voir réaliser par lui[1]. Dans cet article, M. I. del Lungo s'opposait, de toute la force de son autorité, qui est grande, aux théories qui tendent à placer le début de la rédaction de la Divine Comédie avant 1311 ou 1312. Pour lui, les années 1301-1310 constituent la période de préparation, d'où devait sortir le chef-d'œuvre; la réalisation en est circonscrite entre les dates extrêmes 1311-1321. Il repousse donc les conclusions si suggestives de E. G. Parodi, et il ajoute : « Je ne parle pas, et personne ne devrait plus en parler, des chants commencés à Florence avant l'exil et de leur remise à Dante, hôte des Malaspina, en 1306. » En présence d'une condamnation aussi formelle, la prudence aurait dû me conseiller de garder pour moi mes impressions et mes hypothèses. Cependant, comme il est contraire aux intentions et au caractère de M. I. del Lungo de vouloir limiter la liberté de discussion, je n'ai pas cru manquer au respect que je lui dois en passant outre. Je me suis dit que la critique dantesque a fait, depuis un siècle, les immenses progrès que chacun sait, parce que toutes les idées, jusqu'alors admises, ont été successivement niées, et que, de toutes ces ruines, est résulté un

---

1. Dans le numéro de l'*Illustrazione italiana* consacré au sixième centenaire de Dante (septembre 1921), M. I. del Lungo a publié un raccourci de cette Vie du poète, telle qu'il la conçoit : *Prospetto lineare di vita e di pensiero*, qu'on retrouvera dans son volume : *Prolusioni alle tre cantiche e commento all' Inferno*; Florence, Le Monnier, 1921.

triage méthodique de tous les matériaux vraiment utiles ;
et la reconstruction patiente, prudente, a aussitôt commencé. Pourquoi ne continuerait-elle pas ? M. del Lungo
croit, peut-être un peu vite, qu'elle est achevée. Pour lui,
il n'y a plus de fait nouveau qui puisse modifier les conclusions qu'il tient pour acquises.

Bien entendu, il appuie sa conviction sur une base
qu'il qualifie de « solide et multiple ». Cependant, dans
l'article en question, il n'en fait connaître qu'un aspect :
la *Commedia* est l'aboutissement de toute la vie affective
du poète, représentée par la « juvénile *Vita Nuova* »; de
toute sa vie scientifique, exprimée dans le « viril *Convivio* » (pourquoi ne pas ajouter : et de ses expériences
politiques?). « La figuration poétique de cette synthèse
religieuse fut étayée sur la vision de la gloire de Béatrice, grâce à une préméditation intense, à une acquisition proportionnée de science et à une pratique de la
science, auxquelles il convient d'assigner dans la vie du
poète un nombre d'années correspondant à la grandeur
de la conception. Celle-ci, en outre, doit être mise en
relation avec l'incapacité où se trouvait Dante de la réaliser quand il l'envisagea d'abord, et avec le degré de
science mûrie à laquelle il dut nécessairement parvenir,
avant de se sentir capable de dire de sa dame ce qui
n'avait encore jamais été dit d'aucune. » A cela nul ne
contredit. Toute la question est de savoir si aucun chant,
si aucune portion de l'Enfer n'a pu être ébauchée avant
que fussent complètes cette acquisition et cette maturité
scientifiques nécessaires à la réalisation d'une synthèse
prodigieuse. Or, précisément, les premiers chants de l'Enfer renferment des indices frappants d'une conception
infiniment moins grandiose, où la science n'occupe
qu'une place minime.

Ce que l'on comprend mal, c'est la distinction absolue
que M. del Lungo établit entre la période de préparation

(qu'il convient en réalité de faire commencer dès l'achèvement de la *Vita Nuova*) et celle de la rédaction, « la première étant caractérisée par ceci justement que, se préparant à rédiger, le poète ne rédige pas ». Où a-t-on jamais vu que l'artiste s'abstienne de toute ébauche, sous prétexte de s'absorber dans l'élaboration de ses idées et de son plan? Le croit-on capable de concevoir son œuvre *in abstracto*, indépendamment des formes, qui sont sa manière propre de penser? Et pourquoi refuser à la conception de Dante le droit d'avoir évolué, comme à son imagination et à son expression le droit de s'être développées et enrichies?

Mon essai sur les sept premiers chants de l'Enfer parut donc en 1919, et je n'ignorais pas que la hardiesse avec laquelle je parlais des tâtonnements du poète allait passer pour sacrilège auprès de ceux, — et ils sont nombreux, — à qui ne suffit pas, en présence de Dante, une admiration raisonnée : il y faut l'adoration, comme devant tout ce qui est surnaturel et divin. Le vénérable M. Isidoro del Lungo ne m'a tenu aucunement rigueur de mon esprit d'indépendance; cela lui fait honneur, et je lui en sais un gré infini. Mais il est parfaitement naturel que des natures ardentes et généreuses aient repoussé mes observations, en bloc et en détail, avec plus de chaleur que de réflexion.

D'autre part, des approbations, au moins partielles, me sont venues de divers côtés, justifiant mon audace; plusieurs m'écrivirent qu'ils avaient déjà été amenés, de leur côté, à faire des réflexions identiques ou analogues aux miennes. Leurs témoignages, contenus dans des lettres particulières, n'ont pas à être publiés ici. Mais je ne résiste pas au plaisir de citer deux adhésions publiques, d'autant plus précieuses pour moi qu'elles étaient plus inattendues ; elles émanent d'hommes avec qui je ne m'étais jusqu'alors jamais trouvé en contact, avec qui je n'avais échangé aucune idée sur quoi que ce fût.

Tommaso Casini, bien connu de tous les lecteurs de Dante, puisque son commentaire de la *Commedia* reste un des plus appréciés et des plus répandus, est mort en avril 1917. Or, dans un écrit posthume intitulé : *Per la genesi della terzina e della Commedia dantesca*, imprimé en 1919 pour la *Miscellanea di studi storici in onore di Giovanni Sforza*, p. 689-697, on lit ceci, — qu'il importe de citer dans le texte, car l'expression originale traduit avec force à la fois la loyauté de T. Casini et en même temps l'espèce de honte qu'il éprouvait à répudier une opinion généralement reçue comme définitive : « Qui ho bisogno di prendere il mio coraggio a due mani per dir cosa *incredibile e vera;* che cioè mi sono fermamente convinto, — dopo meditazioni lunghe e una considerazione assai riposata ed attenta del pro e del contro, — che nei primi canti dell'Inferno siano da ricercare tracce non dubbie di una prima redazione del poema d'oltretomba; un poema di proporzioni assai più ristrette che non fossero poi quelle della *Commedia*, una specie di piccolo inferno fiorentino, se mi sia consentita la frase... » Toute la suite serait à rapporter ici; je me borne aux dernières lignes : « L'episodio di Ciacco, pensato e scritto in esilio, poté essere innestato sopra una trama stesa dal poeta prima di abbandonare per sempre Firenze : ciò non vuol dire che in esilio debbano essere stati pensati e scritti tutti i versi che precedono, e neppure tutti quelli che seguono quell'episodio. »

D'autre part, l'illustre philosophe et critique, M. Benedetto Croce, a publié, en 1921, un volume sur la *Poesia di Dante*, qui a fait un certain bruit. Or, par deux fois, dans ce livre, M. Croce revient sur le point qui nous occupe; d'abord p. 73 : « I primi canti dell'Inferno sono più gracili; o che appartenessero a un primo abbozzo, poi ritoccato e adattato (secondo una tradizione non dispregevole e congetture sufficientemente fondate), o che ritenessero dell'incertezza di tutti i cominciamenti... »; et p. 85, à propos des chants XII et suivants : « Ed ora quel che aveva scarso rilievo nei canti precedenti, la rappresentazione dei tormenti e dei tormentati, le scene e i personaggi, prende parte maggiore » (ce qui aurait pu être dit dès le chant VIII).

Ces témoignages me rassurent un peu ; sans penser que mes observations contiennent en germe la vérité définitive, — en pareille matière, quel homme sensé peut nourrir de pareilles illusions ? — ils m'amènent à croire que je n'ai pas complètement extravagué.

Décembre 1921.

A TRAVERS

LE PURGATOIRE ET LE PARADIS

I.

LES PAÏENS DESTINÉS PAR DANTE A LA BÉATITUDE. POURQUOI VIRGILE EN EST-IL EXCLU?

Un des traits les plus poétiques que Dante ait prêtés à Virgile est la mélancolie avec laquelle le chantre d'Énée envisage la condamnation qui le prive à tout jamais de l'espoir de voir Dieu. Cette grande âme, comme toutes les figures héroïques et sublimes de l'antiquité païenne, n'obtient que la paisible et lumineuse résidence du Limbe en récompense de toute sa sagesse. Mais ces Champs-Élysées sont encore l'enfer : « Nous sommes perdus », dit-il (Inf., IV, 41); bien qu'aucune faute ne pèse sur sa conscience, il est exclu du ciel (Purg., VII, 7-8).

Tel est le sort réservé à tous ces illustres païens, privés de la foi, privés du baptême : leur tourment est d'aspirer à connaître Dieu, sans aucune possibilité d'y parvenir jamais. Dante se

5

montre fort ému de voir son maître soumis à une si dure loi (Inf., IV, 43), et parfois la douce figure de Virgile perd sa belle sérénité : il parle de ces grands esprits, incapables, par les seules forces de leur raison, d'atteindre les vérités suprêmes, et qui, exclus du paradis, porteront un deuil éternel de tout ce qu'ils ne pourront jamais savoir; il pense, en parlant ainsi, à Aristote, à Platon, à bien d'autres : il baisse la tête, se tait, et ne réussit pas à cacher son trouble (Purg., III, v. 43 et suiv.).

Cependant plusieurs païens, dans la Divine Comédie, sont admis aux joies éternelles du paradis ou y sont destinés : l'empereur Trajan apparaît dans le ciel de Jupiter avec le Troyen Rhipeus (Rifeo); Stace, après douze siècles de pénitence, gravit avec Dante les derniers cercles du purgatoire pour se désaltérer aux eaux du Léthé et de l'Eunoé; Caton d'Utique enfin, s'il doit, jusqu'au jour du Jugement dernier, monter la garde au pied de la Montagne de la Purification, reprendra du moins à ce moment sa dépouille mortelle, qui sera éclatante de gloire (Purg., I, v. 75).

Comment le poète a-t-il été conduit à faire ces exceptions à une règle qu'il formule encore avec netteté au chant XIX du Paradis : nul ne trouve grâce, quelles que soient ses vertus, s'il n'a la foi et s'il n'est baptisé (v. 70-81)? Et si Dante admet quelques exceptions, comment Virgile n'est-il pas le premier à bénéficier d'un traitement de faveur? Le problème ne laisse pas d'être embarrassant.

Il faut d'abord mettre à part l'empereur Trajan. La légende de sa conversion existait bien avant Dante, et le poète n'a fait qu'utiliser une tradition fort connue[1] : c'est saint Grégoire qui, frappé d'admiration par les vertus de ce prince, avait obtenu de Dieu qu'il fût sauvé. Mais pour cette violence qui lui était faite, Dieu avait infligé un châtiment au pape trop zélé, et le miracle accompli avait été en effet assez laborieux : il avait fallu rappeler Trajan à la vie pour peu d'instants, le temps tout juste de lui révéler le mystère de la Rédemption et de l'embraser d'amour, après quoi il était retombé dans la mort, et son âme avait pris place au paradis (Par., XX, 112-117). Il est assez vraisemblable que cette curieuse légende, rappelée dès le chant X du Purgatoire (v. 73 et suiv.), a inspiré à Dante l'idée d'accorder le salut à quelques autres très illustres païens.

Mais il est certain aussi qu'en destinant Caton d'Utique à la béatitude, lorsque, à la fin des temps, le purgatoire ne recevra plus de nouveaux hôtes, le poète n'a pris aucun soin d'expliquer comment s'est opérée l'illumination de cette

---

1. Sur la légende de Trajan, je me borne à renvoyer au livre classique d'Arturo Graf, *Roma nelle memorie e nelle immaginazioni del Medio-evo*, t. II. Voir aussi les *Cento Novelle Antiche*, nov. LVIII de l'édition G. Biagi.

grande âme. Que Dante ait eu pour Caton une admiration profonde, cela nous aide à comprendre pourquoi il l'a placé dans le Limbe, et non parmi les suicidés ; mais comment Caton a-t-il été tiré du Limbe ? Par le Christ, avec les patriarches ? Dante s'est bien gardé de le prétendre ! Et quand, comment Caton a-t-il été initié, vivant, aux vérités rédemptrices ? Mystère. Le poète se borne à faire dire par Virgile que, « au grand jour » du Jugement, la dépouille mortelle que Caton a laissée à Utique lui sera rendue « resplendissante » ; or, comme Caton, toujours prompt à relever les expressions peu justes de son interlocuteur, n'objecte rien à celle-ci, on est en droit de penser que Virgile a traduit ici fidèlement la fiction de Dante relativement au salut de Caton[1].

Le poète a pris les précautions les plus ingénieuses pour justifier l'admission de Stace au paradis. Comme pour Caton, il s'agit d'une pure invention de Dante, mais préparée, expliquée avec un soin minutieux : le progrès est sensible dans l'art de donner de la consistance à une fiction poétique ; et la psychologie imaginaire de Stace est esquissée avec la plus grande netteté.

---

1. Dans un excellent article sur le Caton de Dante (*Giorn. Stor. della lett. ital.*, t. LIX), M. E. Proto explique (p. 216-229) que Caton est sauvé en vertu des mêmes théories thomistes que Rifeo (voir ci-après). C'est toujours le même préjugé, qui consiste à se persuader que, lorsque Dante écrivait le chant I du Purgatoire, il savait déjà par cœur ce qu'il écrirait aux chants XIX et XX du Paradis !

Ce bon poète a été sujet au péché de prodigalité, mais il s'est corrigé après avoir lu l'apostrophe célèbre de Virgile :

> Quid non mortalia pectora cogis,
> Auri sacra fames[1] ?

Puis il a trouvé encore chez Virgile, dans le début fameux de la quatrième églogue, une invitation à s'informer de la doctrine des chrétiens, qui se multipliaient alors dans le monde romain : il a fréquenté leurs réunions, il les a assistés au milieu des persécutions, il s'est converti et a reçu le baptême, mais sans professer publiquement sa foi ; et cette imperfection du christianisme de Stace explique la longue série de stations qui lui ont été imposées au purgatoire, de la fin du Ier siècle à l'année 1300.

Plus étrange et plus hardie encore est l'admission de « Rifeo » à la béatitude. Nous sommes cette fois en présence, non d'un personnage historique ou légendaire, ni même d'une création artistique, mais d'un simple nom : c'est un des Troyens qui ont succombé lors de la prise de Troie par les Grecs. Virgile l'appelle Rhipeus et ne parle de lui en aucun autre endroit, pas plus

---

1. La traduction que Dante donne (*Purg.*, XXII, 40-41) de cette fameuse exclamation virgilienne (*Énéide*, III, 56-57) est inexacte et erronée et a provoqué des discussions intéressantes ; la plus importante est celle de M. N. Zingarelli, dans le premier fascicule du *Nuovo giornale dantesco* (1917). L'article se rapporte aussi à la question du salut de Stace.

que des divers guerriers, Troyens, Grecs ou Rutules, qu'il lui arrive de mentionner ainsi dans ses récits de batailles. Mais comme il a l'habitude de donner une certaine vie à ces énumérations, par elles-mêmes peu attrayantes, en ajoutant à chaque nom une brève caractéristique, il se trouve qu'il a uni au nom de Rhipeus un bel éloge :

> Cadit et Rhipeus, justissimus unus
> Qui fuit in Teucris et servantissimus aequi.
>
> (*Énéide*, II, v. 426-427.)

Voilà le caractère qui a gravé dans la mémoire de Dante le nom, — un peu altéré, — de Rifeo. Si quelqu'un s'en étonnait, il serait opportun de lui rappeler que Dante se vantait d'être lui-même le poète de la Rectitude (*De vulg. El.*, II, II, 9), et encore qu'il fait dire à Ciacco, dans un des premiers épisodes de l'Enfer, qu'à Florence il y a deux citoyens justes : *Giusti son due* (Inf., II, 73), un des deux étant, sans nul doute, Dante en personne. Ce Troyen, épris d'équité, avait donc retenu son attention et attaché son cœur; il l'a sauvé.

Il l'a sauvé en vertu d'une doctrine empruntée telle quelle à la Somme de saint Thomas : Dieu a révélé à ce Troyen, bien des siècles à l'avance, le salut futur de l'humanité, et Rifeo a cru; de ce jour il a répudié les erreurs du paganisme, et les trois vertus théologales lui ont tenu lieu de baptême (Par., XX, 118-129). Voilà qui est encore

plus ingénieux, plus précis, en tout cas plus surprenant que la conversion imaginaire de Stace.

Il est permis de se demander quelles raisons,
d'ordre religieux, moral ou poétique, ont décidé
le poète à prononcer ces béatifications, ou du
moins celles de Stace et de Rifeo, puisque Trajan était déjà béatifié par la légende, et que le
caractère de Caton justifie assez la très grande
admiration de Dante. Mais en quoi le poète de
la Thébaïde, en quoi l'obscur guerrier troyen
devaient-ils obtenir une grâce qui était refusée à
Virgile, au « très doux père », à l'interprète et au
représentant de la raison humaine considérée
dans ce qu'elle a de plus sublime, de plus voisin
de Dieu, à tel point que Dieu lui avait accordé
une révélation, inconsciente sans doute, mais
réelle, contenue dans sa quatrième églogue, et
que le moyen âge a généralement considérée
comme une prophétie positive de la naissance du
Christ? Voilà certes d'autres titres que ceux de
Rifeo ou de Stace! Cependant la doctrine tho-
miste dont bénéficie Rifeo n'est d'aucun profit
pour Virgile.

Il faut insister sur ce point : Stace, en tant que
personnalité poétique, morale ou religieuse, n'est
qu'un reflet de Virgile; poète, il est son disciple;
pécheur livré à la prodigalité, il se corrige après
avoir lu la malédiction lancée par Virgile contre
la soif de l'or; chrétien, c'est à Virgile encore qu'il

doit la première lueur de la foi : « Tu as fait, dit-il à son maître, comme celui qui, la nuit, éclaire ceux qui marchent après lui, comme celui qui ne travaille pas pour soi, mais qui instruit ceux qui le suivent. » Et il met toute l'ardeur de sa reconnaissance dans ce vers :

> Per te poeta fui, per te cristiano !
>
> (*Purg.*, XXII, 73.)

En vérité, que serait le Stace de Dante sans Virgile ? Et comment pourrait-on dès lors admettre que le poète, par négligence ou par oubli, ait sauvé Stace sans songer à sauver Virgile ? Assurément il y a songé ; et, s'il s'est rabattu sur Stace, simple reflet du maître, c'est que, pour une raison ou pour une autre, un empêchement positif lui aura interdit de faire plus.

De son côté, Rifeo n'est guère moins suggestif que Stace, au même point de vue : il n'existe lui aussi que par la grâce de Virgile. Le témoignage du grand poète sur l'obscur Rhipeus, sur cet inflexible défenseur de la justice, avait frappé Dante, peut-être, ai-je dit, pour des raisons personnelles :

> Tutto suo amor là giù pose a drittura,
>
> (*Par.*, XX, 121)

et Dante s'est attaché à ce lointain ancêtre spirituel. Mais Rifeo n'est encore qu'un pâle reflet de Virgile, un des moindres fils de sa pensée, un faible reflet de son génie. Pourquoi brille-t-il dans le ciel de Jupiter, alors que le Maître soupire en vain dans le Limbe?

Ceci est un des cas où on est amené, de gré ou de force, à considérer que la Divine Comédie, fruit d'une très forte conception initiale, s'est développée, élargie, enrichie peu à peu de perspectives nouvelles et d'épisodes imprévus, par une série d'inventions· successives que le poète n'avait pas envisagées dès le début. Dans cette hypothèse, qui s'appuie sur bien d'autres considérations de détail[1], la conception initiale, exposée dès les deux premiers chants de l'Enfer, plaçait Virgile dans le Limbe, sans espoir de salut; et cette situation était confirmée avec éclat par le célèbre chant IV, ou plutôt par toute la première « Cantica ». Lorsque ensuite vint à Dante l'idée d'appeler quelques païens d'élite au salut éternel, — dès le début du Purgatoire, avec Caton, — il était trop tard : le sort de Virgile était réglé; il n'y avait plus à y revenir.

On objectera : Dante pouvait corriger, remanier son poème, comme un peintre reprend certaines parties d'une vaste composition, à mesure que l'œuvre, en se développant, exige une mise au point des morceaux exécutés les premiers. —Cela est bien vite dit. Certes, nul n'oserait affir-

---

1. Voir le chapitre précédent : *Io dico seguitando...*, et la seconde partie de celui-ci.

mer que Dante n'a jamais retouché telle expression ou modifié tel détail ; mais louons-le et réjouissons-nous du fait que, au lieu de revenir en arrière pour raturer, rajuster, effacer les traces légères des enrichissements successifs de son plan, il fut au contraire de ceux qui vont toujours de l'avant, jusqu'au bout. Grâce à cela, nous avons la « Commedia » complète, avec sa sublime conclusion, que rien ne nous permettrait d'imaginer. Quant aux menues inconséquences que nous pouvons relever çà et là, loin d'être à nos yeux des défauts, ce sont de précieux indices auxquels nous nous attachons passionnément, dans l'espoir de mieux saisir l'effort progressif d'où est sortie l'œuvre surhumaine.

Florence, septembre 1921.

II.

LE CIEL DE VÉNUS
ET LES HIÉRARCHIES ANGÉLIQUES.

On sait que Dante a établi un rapport de dépendance étroite entre les neuf sphères du Paradis et les neuf variétés d'Intelligences divines qui, groupées trois par trois, constituent les hiérarchies angéliques. On sait aussi qu'il a exposé deux classements différents de ces Intelligences, dans deux œuvres et à deux époques bien distinctes. Au livre II, ch. V, § 6 du *Convivio*[1], on lit : « Lo primo (ordine) è quello de li Angeli; lo secondo de li Arcangeli; lo terzo de li Troni; e questi tre ordini fanno la prima gerarchia... Poi sono le Dominazioni, appresso le Virtudi, poi li Principati; e questi fanno la seconda gerarchia. Sopra questi sono le Potestati e li Cherubini, e sopra tutti sono li Serafini; e questi fanno la terza gerarchia. »

Ce classement se trouvait déjà dans le *Livre du Trésor* de Brunetto Latini (I, 12) : « Cil ordre sont : angle, archange, trônes, dominations, vertus, principaux, poestez, chérubin, séraphin, » dans les *Origines* d'Isidore de Séville (VII, 5) et dans l'ouvrage de saint Grégoire sur le livre de Job (XXXII, 48). Comme l'a nettement établi M. Enrico Proto, c'est à cette dernière source qu'a puisé Dante[2].

Au chant XXVIII du Paradis, Dante, s'étant ravisé, a adopté le classement de Denys l'Aréopagite[3], le prétendu disciple de saint Paul. En suivant, comme précédemment, l'ordre ascendant, on trouve alors successivement : Anges,

1. Les renvois se rapportent aux *Opere di Dante;* testo critico della Soc. Dantesca italiana; Florence, 1921.
2. E. Proto, *L'ordinamento degli angeli nel Convivio e nella Commedia,* dans les *Studii dedicati a Fr. Torraca,* Naples, 1912, p. 17-28.
3. *De coelesti Hierarchia,* VI, 2.

Archanges et Principautés ; — Puissances, Vertus et Dominations ; — Trônes, Chérubins et Séraphins.

Les différences portent sur les Trônes, reportés du troisième rang au septième ; les Dominations, du quatrième au sixième, et les Puissances, rétrogradées du septième au quatrième.

Il est digne de remarque qu'en se corrigeant ainsi dans le Paradis, Dante fait allusion, non à son classement du *Convivio*, mais à celui de Grégoire le Grand, qu'il n'avait pas cité. Le passage est important : « Denys a mis tant de passion à contempler ces hiérarchies divines qu'il les a nommées et distribuées comme je le fais. Mais Grégoire, plus tard, se sépara de lui ; si bien que, à peine ses yeux furent-ils ouverts dans ce ciel (c'est-à-dire à peine saint Grégoire fut-il admis à voir le spectacle qu'on découvre du ciel cristallin), il ne put que sourire de lui-même » (ch. XXVIII, v. 130-135).

De là il ressort que le troisième ciel, celui de Vénus, a été mis tour à tour sous la dépendance directe des Principautés par Denys, et des Trônes par saint Grégoire, et que, dans le second livre du *Convivio*, pour commenter sa canzone *Voi che intendendo il terzo ciel movete*, Dante a bien placé ce ciel sous la dépendance des Trônes : « Per che ragionevole è credere che li movitori del cielo della luna siano dell' ordine di li Angeli, e quelli di Mercurio siano li Arcangeli, e quelli di Venere siano li Troni, li quali, naturati dell' amore del santo Spirito, fanno la loro operazione connaturale ad essi, cioè lo movimento di quello cielo, pieno d'amore[1]... » Au chant XXVIII du Paradis, sans dire en termes formels que le troisième ciel est sous l'influence des Principautés, Dante le donne clairement à entendre, puisqu'il place celles-ci au troisième rang, au-dessus des Anges et des Archanges.

Relisons cependant les chants VIII et IX du Paradis, qui renferment les entretiens de Dante avec diverses âmes du ciel de Vénus, — Charles Martel, Cunizza da Romano et Folquet de Marseille, — et retenons quatre passages :

1. Le poète décrit d'abord l'approche de ces âmes : « D'un nuage froid, les vents, visibles ou invisibles, ne se sont jamais abattus avec tant de rapidité qu'ils ne dussent paraître entravés et lents à quiconque a pu voir ces feux divins s'approcher de nous, au moment où ils quittaient la ronde qu'ils avaient commencée avec les sublimes Séraphins » (VIII, 22-27).

2. Charles Martel dit un peu plus loin : « Dans un même cercle, d'une vitesse égale, animés par une même soif, nous tournons avec ces princes célestes auxquels, sur la terre, tu t'es jadis adressé en ces mots : « Vous qui, par votre intelligence,

1. *Conv.*, II, v, 13.

mettez en mouvement le troisième ciel » (VIII, 34-37).

3. D'autre part, Cunizza, au chant IX, après avoir prophétisé, en termes d'une grande sévérité, les désordres et les crimes dont la Vénétie allait être le théâtre, conclut : « Là-haut sont des miroirs, — vous les appelez des Trônes, — d'où se reflètent à nous les jugements de Dieu; aussi mon langage nous semble-t-il bon » (IX, 61-63).

4. Enfin, s'adressant au troubadour-évêque Folquet de Marseille, Dante s'exprime ainsi : « Pourquoi donc ta voix, qui réjouit le ciel, toujours unie au chant de ces pieuses flammes qui s'enveloppent de six ailes (les Séraphins), ne répond-elle pas à mes désirs? » (IX, 76-79).

En résumé, Dante rattache les mouvements, les pensées et les paroles des âmes du ciel de Vénus, deux fois aux Séraphins, une fois aux Trônes et une fois à des « Princes célestes », en qui les commentateurs, par respect pour le classement de Denys l'Aréopagite, reconnaissent les Principautés.

Cette dernière interprétation ne paraît pas acceptable; d'abord, parce qu'il est insolite et équivoque d'employer un mot très commun et de sens très général, comme *principi*, pour désigner quelque chose de très spécial comme ce que la théologie appelait *Principatus*[1]; ensuite et sur-

---

1. En italien, *principati* n'est employé par Dante que deux

tout, on n'admettra pas volontiers que Dante, sachant très bien que, dans la canzone *Voi che intendendo il terzo ciel movete*, il s'était adressé aux Trônes, ait voulu faire croire ici qu'il s'était adressé aux Principautés. Lorsque, voulant réfuter une de ses opinions, antérieurement admise dans le *Convivio*, touchant les taches de la lune, Béatrice demande au poète : « Quelle en est, suivant toi, la cause? » (Par., II, 58), celui-ci répète honnêtement l'erreur qu'il avait commise; il ne triche pas; il n'essaie pas de faire croire qu'il ne s'est jamais trompé. Il serait donc raisonnable de ne pas lui prêter, au chant VIII, un escamotage; d'autant plus que les mots « principi celesti » peuvent avoir un sens beaucoup plus large, celui d' « intelligences divines[1] ». Le mouvement qui entraîne les âmes du ciel de Vénus n'est autre que celui des hiérarchies angéliques, sans spécification particulière. Mais si l'on tient absolument à préciser, il n'y a pas le choix : les intelligences à qui Dante s'était adressé, en écrivant *Voi che intendendo il terzo ciel movete*, sont les Trônes.

La double mention des Séraphins montre bien que, lorsqu'il écrivait les chants VIII et IX, Dante

fois : au chant XXVIII, v. 125, du Paradis, et au chap. v, § 6, du liv. II du *Convivio*.

1. Ailleurs, les Intelligences divines sont dites « nove sussistenze » (*Par.*, XIII, 59). Pour l'emploi de *principe*, je rappelle que c'est le mot par lequel, au chant XI, Dante désigne saint François et saint Dominique.

ne se conformait pas encore, sur ce point, à un système nettement défini. Sans doute, on peut expliquer que, au v. 27 du ch. VIII, il dit simplement que la ronde où sont entraînées ces âmes se rattache au mouvement général des sphères, dont l'origine est le Premier Moteur (ciel cristallin), ce ciel étant lui-même sous l'influence directe des Séraphins. Mais c'est là une explication forcée; car il ne s'agit pas ici du mouvement des sphères, — lequel procède bien du Premier Moteur, — mais des rondes qu'exécutaient ces âmes dans l'intérieur de l'astre amoureux de Vénus, avant de s'avancer vers les nouveaux venus; or, ces rondes avaient lieu « avec les sublimes Séraphins », c'est-à-dire en accord avec eux, sous leur influence. Et alors comment oublier que le nom des Séraphins était considéré comme signifiant « brûlants d'amour » ? C'est pour cette raison que, au chant XI, saint Thomas dira de saint François qu'il a été « tutto serafico in ardore » (v. 37), et, par une raison identique, que saint Dominique fut « di cherubica luce uno splendore » (v. 39), car le nom des Chérubins signifiait « plénitude de la science divine ». A ce propos, on se souviendra que le diable savant, le diable logicien, qui dispute victorieusement à saint François l'âme de Guido da Montefeltro en enfer (Inf., XXVII, 112), est un « noir chérubin ». Il s'agit donc là de notions fort répandues. Et n'est-ce pas dans le même sens que, s'adressant à Folquet, le poète lui dit que « sa voix réjouit le ciel, toujours unie au chant des Séraphins »? La voix de ce troubadour, en effet, avait toujours chanté l'amour, amour mondain pendant sa jeunesse, amour divin lorsque, devenu évêque, il avait passionnément poursuivi l'hérésie.

Le point le plus troublant peut-être est la mention des Trônes dans le discours de Cunizza (IX, 61-62); n'y a-t-il pas là un souvenir du classement adopté dans le *Convivio?* En réalité, les Trônes sont préposés au ciel de Saturne d'après la théorie de Denys l'Aréopagite, adoptée par Dante au ch. XXVIII du Paradis.

Certains commentateurs relèvent alors que, d'après saint Thomas, « par les Trônes, Dieu exerce sa justice », écho à peine reconnaissable d'un verset du psaume IX, 6 : « Tu es assis sur ton trône, juste juge. » Il n'est nullement impossible qu'il y ait un reflet de ce texte dans les vers où Cunizza dit que les Trônes sont des miroirs où se reflète Dieu dans l'attitude d'un juge (*Dio giudicante*). Mais alors pourquoi Dante n'a-t-il pas placé sous l'influence des Trônes les âmes éprises de justice (Trajan, Rifeo), plutôt que celles des solitaires et des moines contemplatifs? Pour sortir d'embarras, on en vient à admettre, sur la foi de ce seul texte, que « Dante parle de ces Intelligences comme de miroirs qui reflètent

les jugements divins à toutes les sphères inférieures[1] »; mais c'est là une interprétation arbitraire, car Cunizza dit *rifulge a noi*, c'est-à-dire
aux âmes du troisième ciel, non à toutes les
sphères inférieures.

Remarquons enfin que, ni dans le premier ciel
(lune), ni dans le second (Mercure), il n'est question de l'influence des Anges et des Archanges.
C'est donc à propos du ciel de Vénus qu'apparaît
pour la première fois, dans le Paradis, la question
de l'influence des hiérarchies angéliques sur les
différentes sphères, — et elle n'y apparaît pas
sans quelques hésitations. Le poète ne paraît
s'attacher d'abord à aucun classement rigide; il
n'a pas encore oublié tout à fait celui du *Convivio*, ni résolument adopté celui qu'il exposera au
chant XXVIII. Entre ces deux étapes de sa pensée, un fait nouveau semble lui avoir été révélé :
son attention aura été retenue par un des passages où saint Thomas avait comparé la théorie de
Denys et celle de Grégoire le Grand[2]. La fin du
chant XXVIII porte clairement la trace d'une
récente lecture sur ce sujet. Dante connaissait
l'existence et au moins le titre du livre de Denys

---

1. J. S. Carroll, *In Patria;* Londres, 1912, p. 24 et 137.
2. *Summa theologica*, pars I, quaestio 108; *Summa philoso-
fica contra gentiles*, III, 80; M. E. Proto admet qu'en composant le *Convivio*, Dante connaissait le *Contra gentiles*, mais
non la *Summa theol.*, ni l'ouvrage de Denys.

sur les anges dès le temps où il composait le
chant XI du Paradis, car il y a parlé de

> quel cero
> Che, giuso, in carne, più addentro vide
> L'angelica natura e il ministero (v. 115-117);

mais il lui restait à faire passer dans son poème
les divisions et le classement des hiérarchies
angéliques, telles que les avait définies le disciple
de saint Paul.

Il est bien naturel qu'on essaie de pallier ces
menues contradictions, en les drapant, comme
on peut, dans les plis de la théorie magistralement exposée au chant XXVIII. Mais il faut pour
cela renoncer à voir en Dante un homme ordi-
naire, une intelligence perpétuellement en travail, dont le caractère sublime résulte de son
effort constant pour se compléter, pour s'enrichir
par la lecture et la méditation et pour transfor-
mer en poésie le fruit de son incessant labeur; il
faut prendre hardiment le parti de reconnaître
en lui un être divin, une

> ... mente ch'è da sé perfetta,

puisqu'elle embrasse à la fois, dans un seul
regard, ses pensées de la veille et celles du lende-

main, confondues avec celles du jour qui passe[1],
ce qui lui permet d'atteindre l'unité dans l'uni-
versalité,

> il punto
> A cui tutti li tempi son presenti!

Entre ces deux portraits de Dante, mon choix
est fait.

Paris, décembre 1921.

---

1. L'exagération de la méthode qui consiste à superposer,
à tenir pour simultanées les idées exprimées par Dante à
diverses époques, aboutit facilement à l'absurde. Dans les
Tavole schematiche della Divina Commedia de Luigi Polacco
(Milan, Manuali Hoepli, 1901), on peut voir, p. 98-100
(tav. 47-48), que les diverses sphères célestes correspondent,
de la première à la septième, aux sept sciences du Trivium
et du Quadrivium, les deux dernières à la science naturelle et
à la science morale, l'Empyrée à la théologie. C'est la doctrine du *Convivio*, II, xiii. Mais on y voit, en même temps, que
ces sphères sont sous l'influence des hiérarchies angéliques,
dans l'ordre donné par Denys l'Aréopagite. Il résulte de là,
entre autres rapprochements imprévus, que le ciel de Vénus,
sous l'influence des Principautés, correspond à la Rhétorique;
le ciel de Saturne, sous l'influence des Trônes, correspond à
l'Astrologie, etc., ce qui est aussi étranger aux théories du
Convivio qu'à celles du Paradis. Belle image schématique de
la pensée de Dante!

RÉALISME ET FANTASMAGORIE

DANS LA VISION DE DANTE

Des premiers mots de l'Enfer aux derniers du Paradis, Dante décrit une série de visions surnaturelles. Le poète, en même temps protagoniste de l'action, ne fait pas connaître dans quelles conditions sa vue s'est détachée de notre monde pour plonger dans l'au-delà; nous ne le voyons pas ensuite revenir du ciel sur la terre. Sa vision cesse brusquement, comme elle a commencé; elle ne comporte ni préambule ni épilogue : tout s'y déroule en dehors de la vie terrestre. Ainsi la nature même du sujet semble annoncer une poésie essentiellement fantastique : les régions visitées et décrites par Dante sont, par définition, interdites aux vivants; ce voyage est miraculeux. On serait donc en droit de penser que tout s'y passe en dehors des lois qui régissent notre existence mortelle, que par exemple les notions d'espace, de temps, de pesanteur sont abolies, que le mouvement et les diverses actions des sens s'accomplissent dans des conditions inconnues ici-bas.

Tel n'est pas le parti auquel le poète s'est arrêté. On sait avec quelle attention et quelle ingéniosité il s'est au contraire appliqué, dans l'Enfer surtout, à donner à son voyage une apparence de réalité, à fournir une explication des particularités les plus déconcertantes, à faire en sorte que cette aventure fantastique semblât être une parenthèse naturelle dans sa vie normale : ce voyage, il le fait avec le fardeau de son corps mortel et avec le cortège de ses idées, de ses passions, de ses aspirations personnelles ; c'est toute son humanité vivante et vibrante qui le suit dans le monde de la mort ; et il lui importait qu'aucun détail ne démentît le caractère vécu de cet épisode. Ainsi le fantastique du sujet se subordonne à un point de vue nettement réaliste, et l'une des causes de la prodigieuse jeunesse que conserve la Divine Comédie, après six siècles révolus, est assurément le réalisme vigoureux qui en a inspiré tant de pages.

Mais ce réalisme entraîne parfois un peu loin le poète dans la description de son voyage. Il lui arrive, sous prétexte de faire illusion au lecteur, de lui fournir çà et là des précisions qui, sur le moment, donnent bien l'impression de choses vues, qui suggèrent des images d'une merveilleuse netteté ; mais, à la réflexion, ces détails soulèvent des difficultés inattendues et peuvent devenir une gêne. A cette contradiction de l'élément réaliste et de l'élément fantastique se ramènent beaucoup de discussions, fort longues et souvent oiseuses, auxquelles les commentateurs se sont abandonnés parfois sans discrétion. C'est un point qui mérite de retenir l'attention : il peut aider à mieux saisir certains aspects de l'invention dantesque, c'est-à-dire à réduire à leur juste valeur maintes données très précises, dont la critique a souvent exagéré la portée.

L'exemple le plus connu, et le plus souvent discuté, de ces menues difficultés est la question de la lumière dans l'enfer[1]. Il est trop évident qu'aucune forme, aucune apparence même ne saurait être représentée dans une atmosphère absolument obscures, le régime de l'ombre opaque est interdit aux arts plastiques, — et Dante dessine, peint, sculpte, construit. De toute nécessité, il fallait donc qu'il vît les damnés et qu'il distinguât au moins les lignes essentielles du paysage infernal. Le lecteur le comprend si bien qu'il n'aurait pas soulevé de difficulté à ce propos ; c'est un des cas où il admettrait volontiers que les conditions de visibilité, en enfer, sont tout autres que sur la terre. Mais Dante a été surtout frappé de cette vérité que, dans un souterrain, il fait noir ; il l'a dit et répété dès les premiers chants, lorsque, avant l'Achéron, il doit traverser une « plaine ténébreuse » (ch. III) ; l'abîme

---

1. On pourrait signaler aussi celle de la consistance des ombres, sur laquelle pourtant je ne m'arrête pas.

ensuite lui apparaît « obscur, profond, plein de brouillard » ; il a beau y plonger ses regards, « il n'y distingue aucune chose » ; le voici « en un lieu où rien ne luit » (ch. IV), « où se tait toute lumière » (ch. V). Puis, avant de quitter la cavité infernale, il rappelle pour la centième fois qu'on y souffre du « manque de lumière » ; pour en sortir, en longeant un ruisseau qui se précipite, il se guide par l'oreille, non par la vue (ch. XXXIV). Mais cela ne l'empêche pas, tout le long du chemin, de voir distinctement une multitude de choses fort captivantes, depuis les indécis de la « campagne sombre », qui courent nus derrière un étendard, aiguillonnés par des taons et des guêpes, — et parmi eux Dante reconnaît, entre autres, « l'ombre de celui qui fit le grand refus » (ch. III), — jusqu'aux traîtres qu'il distingue figés dans la glace transparente du Cocyte, jusqu'à Lucifer dont il aperçoit les trois visages diversement colorés, tandis que, après avoir franchi le centre de la terre, il remarque avec stupeur que les pieds du monstre se dressent en l'air, dans cette cavité même où il note l'absence de toute lumière (ch. XXXIV).

Une seule fois le poète fait clairement allusion à l'éclairage particulier d'une région infernale : c'est à propos du « noble castel » du Limbe, où sont groupés les poètes, les savants, les héros antiques, qui n'ont pas connu la foi chrétienne. Ailleurs, on peut penser que le feu des supplices

projette sur certaines scènes des lueurs assez
vives, par exemple aux abords des murailles embrasées de la ville de Dis, parmi les tombes rougeoyantes des hérésiarques, sous la pluie de feu
du septième cercle, puis, dans le huitième, au
milieu des simoniaques, dont les pieds flambent
comme des torches, et parmi les conseillers perfides, enfermés dans des flammes qui cheminent,
pareils à des feux follets. Mais, à la vérité, Dante
ne dit rien de positif à cet égard; bien plus, c'est
dans un de ces derniers cas, sur la lande embrasée
du septième cercle, qu'il recourt à deux comparaisons charmantes, d'un naturel pittoresque et
expressif, pour rendre l'effort des damnés cher-
chant à distinguer dans l'ombre les traits de leurs
visiteurs : « Ils nous regardaient comme le font
les gens, le soir, quand la lune est nouvelle, et ils
clignaient des yeux comme un vieux tailleur qui
essaie d'enfiler son aiguille » (ch. XV, 17-21). Si
lés choses se passent ainsi sous une pluie de
flammes, comment y voit-on lorsqu'il n'y a
aucune lueur?

En réalité, la vision intérieure du poète suffit
amplement pour animer, échauffer, colorer les
tableaux saisissants qu'il projette dans notre imagination; nous n'avons que faire d'un autre foyer
lumineux. Sans doute, en rappelant ainsi qu'il
marchait dans la nuit, Dante a produit de très
heureux effets de contraste et d'harmonie lu-
gubre, — au dernier vers du chant IV notam-

ment ; — ces impressions d'ombre épaisse ont assurément un caractère fortement réaliste ; mais elles sont un peu importunes, puisque toute notre attention va aux merveilleuses visions du poète.

* *

D'autres problèmes donnent lieu à des discussions plus subtiles et plus intéressantes, celui notamment de la configuration matérielle de l'enfer. Il serait difficile d'imaginer un exemple plus typique des artifices à l'aide desquels Dante mystifie son lecteur, c'est-à-dire lui donne l'illusion d'être en présence d'observations précises, non seulement vraisemblables, mais rigoureusement scientifiques, alors qu'en réalité tout se passe dans le domaine de la fantasmagorie pure. Grâce aux indications, parfois minutieuses, que le poète fournit au sujet des régions qu'il visite, les interprètes de Dante, dès le xve siècle, ont pu disserter à perte de vue sur la situation, la forme et les proportions de l'enfer ; ils ont ainsi ajouté au commentaire littéral du poème un commentaire graphique, qui a pris au xixe siècle une grande extension. La tentation est forte en effet, quand on lit certains chants de la Divine Comédie, de saisir un crayon et un compas pour esquisser la carte du voyage accompli par Virgile et son disciple, depuis la porte de l'enfer jusqu'au sommet du purgatoire. Le danger de ces croquis est qu'il est facile de finir par en être dupe, si l'on perd de vue que Dante est avant tout un grand magicien : les données qu'il fournit à nos calculs sont parfaitement décevantes. Laissons-nous donc captiver par la séduction, la force, la grandeur terrible de ses évocations, sans pour cela croire à la consistance du plan qui leur sert de lien. La charpente de l'édifice n'est pas moins poétique que les visions qui le remplissent. Puisque l'art prestigieux du poète fait parfois oublier cette vérité, rappelons-la, textes en main.

L'esquisse la plus simple et la plus raisonnable qu'on puisse tracer du séjour des damnés s'obtient en dessinant, dans les parois de l'entonnoir infernal, neuf paliers, comparables aux gradins d'un amphithéâtre, — un pour le vestibule de l'enfer et l'Achéron, huit pour les neuf cercles concentriques, car le cinquième et le sixième, séparés par l'enceinte de la ville de Dis, ne forment qu'un étage. Aucune indication positive n'est fournie sur la hauteur des degrés constitués par les cercles, sauf en ce que le huitième est beaucoup plus enfoncé qu'aucun des précédents. D'ailleurs on est libre d'imaginer les parois rocheuses plus ou moins hautes, verticales ou inclinées : ces variantes permettent d'obtenir une figure plus évasée ou au contraire plus profonde[1].

1. Voir, par exemple, le schéma très clair publié à la p. 35

Mais, de quelque façon qu'on s'y prenne, le croquis est toujours en opposition avec quelque passage du poème, où les contradictions ne manquent pas. Ainsi, en ce qui concerne l'ampleur des premiers cercles, Dante évoque des visions vastes sans doute, mais non illimitées; on peut les comparer à ces cirques naturels, avec des ébauches de gradins, que présentent certains fonds de vallées encadrées de hautes montagnes. Le premier cercle forme comme une ceinture au sommet de l'abîme (IV, 24) et le second embrasse un moindre espace (V, 2). Ce sont là des spectacles que le regard saisit aisément dans leur totalité, et cette impression de paysage limité est bien confirmée par les scènes du quatrième cercle, les rencontres successives des avares et des prodigues, qui se heurtent de front, après avoir parcouru la moitié de leur terrasse, puis reviennent sur leurs pas, se heurtent à nouveau, indéfiniment[1]. Mais voici qu'avec le cinquième cercle, celui de la colère, constitué par le marais du Styx, des horizons tout nouveaux s'ouvrent à nous : à un signal lumineux répond, de l'autre rive, un signal semblable, « si loin qu'à peine le regard peut l'apercevoir » (VIII, 5-6) : nous concevons donc le Styx comme une nappe d'eau fort éten-

---

du bon petit manuel de F. Flamini, *Avviamento allo studio della Divina Commedia;* Livourne, 1906.

1. Voir ci-dessus, ch. I (*Io dico seguitando...*), p. 23-25.

due ; en effet, c'est seulement au milieu de la traversée, après la rencontre de Filippo Argenti,
que Virgile dit à Dante : « Maintenant, mon fils,
voici qu'approche la ville qui porte le nom de
Dis » (VIII, 68). Nous accueillons avec joie ces
larges perspectives, qui libèrent notre imagination des parois rocheuses trop proches et des terrasses trop étroites.

Le chant XI renferme un entretien de Virgile
et de Dante, capital pour la classification des péchés et la hiérarchie des supplices, c'est-à-dire
aussi pour la topographie de l'enfer. Virgile,
assis au bord du sixième cercle, dit à son disciple : « Dans cette cavité rocheuse (c'est-à-dire à
leurs pieds) se trouvent trois petits cercles (cerchietti) qui vont en diminuant... » (XI, 16-18).
Petits, ces cercles le sont par leur position même,
par rapport aux précédents ; mais ils sont aussi
les plus peuplés, les plus subdivisés, — au total
ils renferment dix-sept régions distinctes, — les
plus saturés de passions farouches et grandioses :
vingt-trois chants sur trente-quatre leur sont con-
sacrés. Tout ce mouvement, cette vie, cette poésie, ce tragique vont-ils donc être présentés dans
un décor étriqué ? Les damnés seront-ils entassés
là dans d'étroits compartiments, comme nous en
voyons dans les vieilles fresques et miniatures
florentines ? N'en croyons rien : par une heureuse
inconséquence, Dante va plus que jamais élargir

au contraire le cadre de sa vision, et cet élargissement est obtenu au moyen de données fort précises.

Le voici dans la troisième section du cercle des violents (VIIe), une plaine embrasée par une pluie de feu; il la traverse dans sa largeur, en suivant une des digues qui dirigent les eaux sanglantes du Phlégéton jusqu'au bord de l'abîme, où elles vont tomber en cascade. Cette plaine n'est pas un étroit ruban circulaire : elle est immense; car à un moment donné le poète dit : « Nous étions déjà si éloignés de la forêt (des suicidés) que, si je m'étais retourné, je n'aurais pas pu la voir » (XV, 13-15). Un peu plus tard, il perçoit le bruit encore lointain de la cascade, « pareil au bourdonnement d'une ruche » (XVI, 1-3), et c'est seulement après une nouvelle avance que le fracas de la cataracte empêche toute conversation (XVI, 92-93). Voilà qui est merveilleusement décrit : l'étape est donc longue que racontent les chants XIV, XV et XVI.

La surface du huitième cercle, celui de la tromperie, inclinée vers le centre, creusée de dix fossés concentriques, « Malebolge », c'est-à-dire « les Males Fosses », est la région infernale sur la structure de laquelle Dante a donné le plus grand luxe de détails. Quelle est la largeur de ces espèces de couloirs circulaires, et quelle est l'ampleur de leur circonférence? Voilà des questions qu'on ne se poserait même pas, tant cela nous est indifférent! Mais le poète tient à ce que nous soyons fixés sur ce point, et il donne des chiffres. Au chant XXIX, il dit incidemment que le neuvième fossé a vingt-deux milles de tour; et au chant XXX il ajoute que le dixième et dernier mesure onze milles. Onze, vingt-deux! Avons-nous donc ici, en remontant du dixième fossé, le début d'une progression arithmétique? S'agit-il simplement de nombres augmentés successivement de 11 : 22, 33, 44, 55, etc...? Adoptons cette dernière hypothèse, moins absurde; mais cette progression est-elle aussi applicable, telle quelle, aux subdivisions du septième cercle et aux cercles supérieurs? Là-dessus, les imaginations et les calculs se donnent libre carrière. Il est inutile de les suivre, car je tiens pour assuré que Dante n'a pas énoncé ces chiffres comme les données d'un vaste problème, dont il aurait au préalable résolu toutes les parties; il n'a même pas envisagé une conséquence immédiate des mesures qu'il indique, et d'où il résulte qu'un intervalle d'un mille trois quarts sépare une circonférence de l'autre, c'est-à-dire constitue la largeur des fosses circulaires; tout au contraire : en cet endroit il dit que le couloir n'a pas moins d'un demi-mille de largeur (XXX, 87); ailleurs (XVII, 28-30), les damnés qui cheminent en longues files sont comparés à la double procession des pèlerins qui, à Rome, lors du jubilé de 1300, encombraient le pont du Tibre, et le poète (XXIII, 84) relève encore formellement l'étroitesse du sentier : « lo stretto calle ». D'ailleurs on n'imagine pas que les ponts rocailleux, en dos d'âne, si fidèlement décrits par Dante au passage de chaque fosse, aient une portée de plus d'un mille et demi!

Que signifient donc ces chiffres lancés ainsi par le poète à l'improviste? Sans doute, au moment où il approchait du fond de l'abîme, il a voulu affranchir une fois de plus son imagination de l'étreinte d'un cadre qui risquait de se resserrer démesurément. En effet, le neuvième cercle offre encore des perspectives très vastes : c'est seulement après avoir traversé les trois régions occupées par les traîtres à leurs parents, à leur patrie et à leurs hôtes, c'est en abordant la zone de Judas (la Giudecca) que le poète commence à distinguer la monstrueuse silhouette de Lucifer et à sentir le vent glacé que produisent ses trois paires d'ailes gigantesques. Pour ménager ainsi à notre vision des espaces imprévus, Dante nous fournit un de ces menus détails précis, — cette fois un détail numérique, — auxquels se complaît son imagination. Mais il arrive ici que ce réalisme se retourne contre les intentions du poète; car l'effet en est de révéler la fragilité de toute la construction infernale.

Au reste, si nous la prenions trop au sérieux, Dante se chargerait de dissiper nos illusions. Dans la dernière partie du chant XXXIV se lit une courte digression, où, en termes très concis, que l'on voudrait plus explicites sur plusieurs points, il indique quelle a été l'origine de la cavité infernale et comment on passe d'un hémisphère à l'autre. Deux vers de ce morceau renferment une déclaration très claire, qui seule importe ici; elle est un éloquent témoignage du besoin de précision scientifique qui caractérise la création du poète.

Virgile, parvenu avec Dante au milieu de la glace du Cocyte, tout contre le corps gigantesque de Lucifer, a invité son disciple à se pendre à son cou et s'est laissé glisser avec lui le long des membres velus du « souverain du douloureux royaume ». Arrivé à la hauteur des hanches, au point mathématique qui constitue le centre de la terre, — et du monde, d'après Dante : « au point vers lequel, de toutes les parties de l'univers, sont attirés les corps graves » (v. 111), — Virgile exécute un renversement laborieux : il se retourne et grimpe maintenant le long des jambes du monstre, toujours portant le poète, qu'il dépose sur un rebord du rocher, dans une grotte obscure. Dante est stupéfait de voir devant lui, non plus les trois visages et les ailes de Lucifer, mais ses pieds, et d'apprendre qu'on est au matin, quand un peu plus tôt c'était le soir (v. 103-105). Mais son fidèle guide lui explique qu'il vient de passer de l'hémisphère boréal dans l'hémisphère

7

austral : toutes choses lui apparaissent donc sous
un aspect renversé; à présent, il s'agit de gravir
un sentier pénible qui conduit aux antipodes de
Jérusalem. Et Virgile, précisant sa pensée,
ajoute : « Tu as maintenant les pieds sur une
petite sphère, dont la Giudecca forme la face
opposée » (v. 116-117). Il serait absurde de conclure de ces vers que Dante imagine, au cœur de

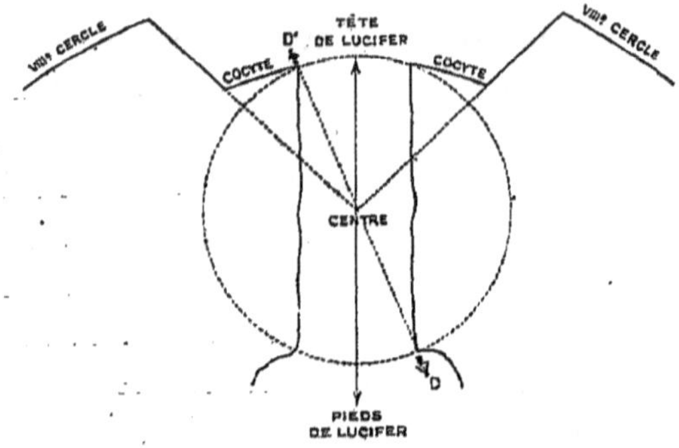

Figure : 1

la terre, une boule, distincte de la matière qui
l'entoure, comme un noyau au milieu d'un fruit,
— noyau qui serait d'ailleurs perforé par « le ver
infâme qui ronge le monde » (v. 108). Nous avons
affaire ici à un trait de l'imagination géométrique
du poète : pour expliquer qu'il se trouve dans
une position D (fig. 1), diamétralement opposée
à celle qu'il occupait en D' au bord de la Giudecca, Dante conçoit ces deux points comme
situés aux antipodes d'une sphère minuscule,

dont le centre est le même que celui de la terre. C'est une façon de dire que le renversement antipodique est réalisé immédiatement autour du point central « vers lequel, de partout, sont attirés les corps graves ».

Les conséquences de cette remarque, au point de vue de la structure de l'enfer, sont importantes et inévitables. Dante dit que la Giudecca, — et non toute la surface du Cocyte, — se confond avec la petite sphère; on imagine donc les trois premières régions du IXe cercle un peu relevées, en inclinaison vers le centre, comme pour le cercle précédent. Mais alors, en vertu des lois les plus élémentaires de l'équilibre, les parois qui se dressent au bord extérieur du Cocyte, le long desquelles les géants enchaînés s'appuient jusqu'à mi-corps, ne peuvent pas être parallèles, mais bien verticales au sens propre du mot, comme le fil à plomb invariablement dirigé vers le centre de la terre. Ces parois sont donc divergentes, comme les rayons de la circonférence, et la même particularité se répétera de cercle en cercle. Qu'on essaie de prendre une règle et un compas et d'achever la figure ainsi commencée, on aboutira à une construction absurde, où l'enfer, retourné comme un doigt de gant, n'est plus un entonnoir, mais une protubérance, et dont l'accès se trouverait aux antipodes des continents habités!

En présence de ces difficultés, les amateurs de représentations graphiques de l'enfer n'ont le choix qu'entre deux partis : se contenter du schéma à verticales parallèles, en faisant abstraction de la sphéricité de la terre, — et c'est sans doute le plus sage, s'il ne s'agit que de faciliter la description des différents cercles et de leurs divisions, — ou bien rapprocher et allonger démesurément les parois verticales du bas enfer, depuis le centre de la terre jusqu'au Cocyte, et du Cocyte au VIIIe cercle : on obtient ainsi un dessin en éventail, peu agréable et peu clair au premier coup d'œil, mais surtout qui se heurte à une insurmontable difficulté : les proportions démesurées de Lucifer et celles, plus modestes, des Géants si minutieusement décrits par le poète s'opposent de la façon la plus absolue à la forme de ces puits étranglés. En dessinant ses planches, étudiées avec tant de soin, de la Divine Comédie, Giovanni Agnelli a fait une application rigoureuse de cette méthode[1]; mais il avoue assez piteusement que « ce puits si profond est en contradiction avec les données fournies par le poète »; il se déclare « impuissant à résoudre ce problème hérissé de difficultés » et invite ceux qui critiqueront sa solution à écarter d'abord les obstacles qu'il a vainement essayé de surmonter. Cette bonne foi est touchante ; mais n'eût-il pas été plus simple de ne pas chercher une solution géo-

---

1. Voir les *Tavole sinottiche della Divina Commedia* di L. Polacco, con sei tavole topografiche disegnate da G. Agnelli; Milan, Hoepli, 1901.

métrique à un problème d'ordre purement poétique?

* *

Les artistes qui ont entrepris d'illustrer, c'està-dire d'interpréter la Divine Comédie par la plume ou le pinceau, se sont trouvés aux prises avec des difficultés relevant de cette complexité de l'imagination dantesque. Ne parlons pas de ceux qui se sont appliqués à représenter séparément tel ou tel épisode célèbre, Françoise de Rimini ou Ugolin; ils sont les plus nombreux; et chacun d'eux a pu choisir librement, parmi les situations si émouvantes que comportent ces drames, le moment qui répondait le mieux à sa sensibilité particulière, au tour personnel de son imagination, sans se préoccuper du décor d'où il détachait ces personnages. Il en est autrement des artistes qui ont essayé de raconter le poème de Dante en une suite de compositions dans lesquelles, par la force des choses, le paysage infernal joue un rôle important. Rares sont ceux qui ont osé supprimer tout décor ou l'ont réduit à des indications sommaires, comme l'Anglais Flaxman, l'illustrateur d'Homère, hanté par la décoration des bas-reliefs et des vases grecs. Les plus prudents se bornent à esquisser pour chaque scène particulière un coin de paysage limité, qui ne soulève aucune objection, — voir le fond

qu'Ary Scheffer a donné à sa célèbre Françoise
de Rimini. Des écueils se dressent, inévitables,
devant ceux qu'a obsédés le désir de se conformer
exactement aux indications fournies par le poète
sur certaines péripéties de son voyage ou sur les
particularités topographiques : obligés d'enfermer trop de détails minutieux dans un espace
restreint, ils ont donné à leurs compositions un
caractère étriqué, qui n'a rien de commun avec la
largeur de la poésie de Dante. Ce défaut ne sur-
prend guère chez les vieux miniaturistes, peu
experts en matière de perspective ; mais Botti-
celli lui-même, dont les illustrations dantesques
renferment des pages ingénieuses et charmantes,
n'a pas su éviter cet inconvénient : qu'on se reporte, parmi ses dessins, au passage du Styx, à
l'entrée de la ville infernale, au cimetière des
hérésiarques ; on se convaincra sans peine que le
parti pris de représenter côte à côte, d'ailleurs
exactement, ces phases successives de l'action,
détruit ces effets de perspectives lointaines que
Dante a eu le souci constant d'ouvrir devant notre
imagination, justement à partir de ces épisodes.
Dans la première moitié du XIXe siècle, un artiste
allemand, J.-A. Koch, a voulu revenir à cette tradition des quattrocentistes : il a essayé de con-
denser dans chacune de ses planches plusieurs
moments ou épisodes successifs de l'action, parfois même de donner une vue d'ensemble de tout
un cercle. Ce n'est pas sans un certain plaisir, —

le plaisir qui s'attache à déchiffrer un rébus, — qu'on y reconnaît maints reflets ingénieux du texte de Dante. L'intention est louable ; l'effet artistique nul.

Aucun illustrateur n'a mieux réussi que Gustave Doré à évoquer l'atmosphère et les horizons infernaux. Le soin qu'il a apporté à cette partie de sa tâche est attesté par le fait que le premier chant ne lui a pas inspiré moins de cinq grandes compositions, et chacune d'elles se déploie dans un décor différent. Il serait facile de contester la justesse de tel ou tel de ces paysages ; mais cette richesse même d'imagination a le grand avantage de nous faire comprendre que le voyageur égaré se démène et s'agite : il cherche sa route, il lutte pour s'affranchir de l'angoisse qui l'étreint ; il échappe ainsi à l'immobilité inexpressive où d'autres nous le montrent figé, entre la forêt sombre, la colline éclairée, les trois bêtes féroces et l'apparition de Virgile. L'action de ce premier chant ne dure pas moins de douze heures, de l'aube au crépuscule, pendant lesquelles on peut faire beaucoup de chemin ; l'artiste a été bien inspiré en nous montrant son héros tour à tour dans la forêt, sortant d'une gorge sauvage, puis devant des horizons plus larges et plus clairs, enfin rentrant dans l'abîme avec Virgile. Il n'est guère moins heureux dans les scènes de l'enfer proprement dit, bien qu'il prenne avec le texte de grandes libertés. Pas plus que nombre de vieux enlumi-

neurs, il n'a bien compris la structure compliquée
du huitième cercle; mais il n'en a pas moins traduit de façon saisissante l'attitude des deux voyageurs découvrant des groupes de damnés au fond
de leurs fosses[1]. L'image qu'il a donnée du vol
éperdu des luxurieux, emportés par la rafale, au
second cercle, si elle n'est pas parfaitement fidèle
au texte (le tourbillon devrait être circulaire),
constitue une interprétation grandiose de la
vision du poète, et l'artiste a tiré un très heureux
parti de la « ruina », de l'éboulement par lequel
Dante et son guide descendent d'un cercle à
l'autre[2].

Telle est, sans aucun doute, non seulement
pour l'artiste, mais pour tout lecteur réfléchi, la
bonne manière de concevoir les visions successives que nous propose Dante : il s'agit de se bien
pénétrer du plan général qui est la charpente du
poème, d'en saisir distinctement chaque détail,
au fur et à mesure qu'il se présente, puis de discerner pour chaque scène le cadre particulier qui
lui est propre, d'après les renseignements fournis
par Dante, mais en lui donnant toute l'ampleur
qu'exige le caractère grandiose du sujet. Surtout
il ne faut pas entreprendre de coordonner trop
rigoureusement ces visions distinctes, encore
moins de les subordonner les unes aux autres;

1. Voir, par exemple, sa planche 60, correspondant au
chant XXIX.
2. Planche 14.

l'effet d'ensemble ainsi cherché ne pourrait que détruire la puissance de chaque création particulière. Quelque attention que Dante, avec son goût de réalisme, ait accordée à certains détails matériels, ceux-ci ne sauraient prévaloir contre ce qui est l'essentiel, c'est-à-dire contre la plénitude de vie que le poète a donnée à une merveilleuse série de formes, de tableaux, de personnages et de scènes dramatiques; là est l'expression suprême de son génie. Notre attention ne doit pas s'en laisser distraire.

* *

Le même curieux mélange de réalisme minutieux et de fantastique grandiose se continue, au delà de l'enfer, dans le purgatoire; mais on le voit s'y atténuer rapidement. Les nouvelles nécessités du sujet ont favorisé une évolution très nette de l'art du poète : le surnaturel gagne du terrain, le réalisme recule. Sous ce rapport comme sous tous les autres, le purgatoire est la transition nécessaire entre le monde des sens et celui de l'esprit.

La forme, la hauteur, le volume de la montagne du purgatoire constituent peut-être les problèmes les plus oiseux que se soient posés les commentateurs de Dante, car il n'existe aucun moyen de les résoudre. Deux vers de l'Enfer (XXXIV, 124-126) ont donné à penser que la matière de la montagne était extraite de la cavité infernale ; dans ce cas, le volume de l'une serait égal à la capacité de l'autre. Mais cette interprétation est plus que douteuse. D'ailleurs fût-elle juste, qu'en pourrait-on tirer, puisque nous ne connaissons pas la capacité du gouffre? Les seules données positives que Dante nous fournisse se bornent à ceci : la montagne se dresse au milieu de l'Océan, aux antipodes de Jérusalem ; elle est très haute : Ulysse, qui en a découvert au loin la silhouette sombre, déclare qu'il n'en avait jamais vu d'aussi élevée (Inf., XXVI, 134); les arbres qui en couvrent le plateau supérieur sont perpétuellement courbés par le vent que produit la rotation du ciel de la lune (Purg., XXVIII, 103-108); enfin Dante et Virgile mettent trois journées à gravir la montagne, — une nuit et un jour leur avaient suffi pour parcourir l'enfer. D'autre part, la base du purgatoire est peu étendue, car Dante l'appelle une « petite île » (Purg., I, 100), ce qui n'empêche pas le paradis terrestre, situé au sommet, d'avoir des proportions fort respectables. Cette « isoletta » est à rapprocher des « cerchietti » de l'enfer ; c'est une impression momentanée, qu'il faut considérer indépendamment de tout ce qui suit.

La forme d'une montagne aussi étroite et aussi haute devrait affecter la forme d'un cône très effilé, mais dont la pointe serait coupée; en raison des terrasses circulaires qui en rétrécissent graduellement le diamètre, on pense involontairement à un télescope plus ou moins allongé. Nous ignorons quelle est la circonférence de ces terrasses; mais le poète leur prête une largeur de cinq mètres environ[1], et c'est là une donnée qui paraît mesquine pour une aussi grande masse. Dante a-t-il eu présente à l'esprit l'image de la tour de Babel, telle qu'elle apparaît dans certaines miniatures? L'imagination germanique de P. Pochammer conçoit la partie supérieure du purgatoire comme un obus monstre[2], dont la fusée est figurée par l'arbre central du paradis terrestre! Des critiques italiens, au contraire, dessinent une montagne large et aplatie, conception que contredisent certaines indications formelles du texte[3]. Dante dit bien que, plus on monte, plus l'ascension devient aisée (Purg., IV, 88-90); mais c'est une erreur de voir ici une remarque d'ordre matériel indiquant que les parois, d'abord verticales, se rapprochent graduellement de l'horizontale. Ce détail ne peut avoir qu'un sens allégorique : de cercle en cercle, le pénitent, allégé des dernières traces de ses péchés, s'élance vers le ciel d'un bond plus agile; et cette interprétation nous invite à considérer toute la construction comme

1. Trois fois la hauteur moyenne du corps humain; X, 22-24.
2. *Dantes Göttliche Komödie*, deutsch von P. Pochammer; Leipzig, 3ᵉ auflage, 1913. Voir skizze 8.
3. G. Agnelli, Giorgio Piranesi tiennent pour cette forme; voir *Bulletin italien*, t. II (1902), p. 89, et *Giornale Dantesco*, t. XIII, p. 118.

entièrement irréelle : les degrés que franchit le
pénitent sont simplement ceux qui, de la vie de
péché, s'élèvent à la pureté parfaite. Sans doute,
la base de la montagne, jusqu'à la première terrasse, peut se comparer à certains massifs ro-
cheux, où le grimpeur réussit à trouver des failles
et des « cheminées », par où il se hisse avec les
bras non moins qu'avec les jambes ; la vallée
même des princes (ch. VII) n'est pas sans correspondance avec certains coins de paysage alpestre.
Mais Dante ne prend aucune peine ici pour faciliter notre illusion, et tout de suite apparaissent
des scènes purement fantastiques : pendant la
nuit, un serpent tentateur essaie de pénétrer dans
la vallée, aussitôt mis en fuite par deux anges à
la tête blonde, aux ailes vertes, drapés de vert, et
qui brandissent des épées de feu. Un premier
ange, éblouissant de lumière, avait déjà fait son
apparition sur le rivage de la mer, dirigeant une
nacelle d'où étaient descendues des âmes appelées
à la béatitude ; et ces anges vont reparaître de
degré en degré. De la riante vallée où il a passé
la nuit, Dante ne peut s'élever par ses propres
moyens jusqu'à la porte inaccessible qui ouvre le
séjour de la purification proprement dite : pendant son sommeil, il y est miraculeusement transporté. Le purgatoire est une région surnaturelle,
où les derniers rappels à la réalité n'ont plus le
même attrait que dans l'enfer ; aussi deviennent-
ils de plus en plus rares, à mesure que le poète

s'élève. Dans le paradis terrestre, au milieu d'un décor d'idylle où Dante évoque l'image de l'antique Pineta de Ravenne, se déroule une des scènes les plus émouvantes et les plus humaines du drame divin, la rencontre du poète et de Béatrice, et la confession de l'amoureux, infidèle quelque temps à l'idéal de sa jeunesse; mais ce triomphe de Béatrice, entourée d'un brillant cortège symbolique, est en même temps le triomphe de l'Église ; et les visions apocalyptiques qui suivent aussitôt nous transportent décidément au delà de ce que nos sens et notre intelligence peuvent concevoir. Dante boit de l'eau du Léthé, puis de l'Eunoé, et le voilà prêt « à s'élever vers la région des étoiles ».

L'ascension du poète vers l'Empyrée, à travers les sphères où évoluent les astres, se fait par un mécanisme d'une admirable simplicité : Dante est soulevé par la seule attraction du regard de Béatrice, instantanément; car dans l'immensité de l'espace la notion de durée s'efface comme celle de distance. Dante voyage-t-il encore avec son corps mortel? Il répète le mot de saint Paul : « Dieu seul le sait » (Purg., I, 73-75); mais le lecteur n'y pense même plus : ne voit-il pas le poète pénétrer, à la suite de Béatrice, dans la substance impalpable et brillante des planètes « comme un rayon de soleil pénètre dans l'eau, sans en disjoindre aucune molécule » (Purg., II, 34-36) ? Cette fois, l'attitude de Dante à l'égard du mer-

veilleux ne saurait être plus nette : il s'y lance
sans réserve.

Par une hardiesse qui, chez tout autre, serait
une folle témérité, Dante renonce à donner une
forme humaine aux élus qui lui apparaissent
dans les diverses planètes : ce sont des lueurs
étincelantes qui parlent, et aussi qui rient, qui
s'affligent, qui s'indignent, grâce à une mimique
appropriée, faite de vibrations plus ou moins rapides, qui font passer la lumière du rouge sombre
au blanc le plus éblouissant ; elles ont recours
aussi à des mouvements cadencés, à de véritables
danses, accompagnées d'harmonies ineffables.
Dante a pu décrire ainsi de vastes scènes, tour à
tour gracieuses et grandioses, toujours expres-
sives, notamment dans les sphères du Soleil, de
Mars, de Jupiter, de Saturne, et surtout dans le
Ciel des étoiles : là il a représenté, comme en un
ballet lumineux, accompagné de chœurs, la scène
de l'Annonciation et le triomphe de Marie. Jamais
sans doute poète n'a fait un effort aussi prodigieux
pour s'élever dans le domaine du suprasensible
et du divin, pour y adapter ses conceptions et son
langage. Son attachement aux réalités concrètes
n'est plus perceptible ici que dans deux ordres de
faits : d'une part, il tire largement parti de ses
connaissances cosmographiques, empruntées à
Ptolémée, pour déterminer le mouvement des
astres et leurs positions respectives ; d'autre part,
pour faire comprendre l'incompréhensible et ima-

giner l'inimaginable, Dante déploie un grand luxe de comparaisons, qui s'accumulent, qui se complètent et qui précisent les données matérielles inconciliables qui sont l'essence même du mystère : une intuition mystique permet seule d'en faire la synthèse. Grâce à l'ingéniosité de ces images juxtaposées, il conduit son lecteur aussi loin que le permet la raison, jusqu'au point où il faut le secours spécial de la grâce pour que l'absurde devienne, aux yeux du croyant, la vérité révélée. La vision suprême de Dieu, la description des éléments qui constituent le mystère de la Trinité fournissent un exemple définitif des ressources que Dante met en œuvre pour donner une forme concrète à ce qui échappe à nos sens et à notre raisonnement : il voit « trois cercles de trois couleurs différentes et d'une même contenance » (Par., XXXIII, 116-117), ce qui ne signifie pas que ces cercles aient le même diamètre, mais bien qu'ils circonscrivent la même portion d'espace, c'est-à-dire qu'ils occupent la même place dans cet espace, étant intimement fondus dans une indissoluble unité. Mais ceci n'empêche pas le poète de discerner que les cercles sont comme des reflets les uns des autres, que le troisième est couleur de feu et que le second porte en soi les traits d'une forme humaine. Comment tout cela est-il possible ? Dante essaie en vain de mieux voir et de comprendre ; puis il est tout à coup « frappé d'un éclair qui vient au secours de son désir ». C'est une illumination soudaine qui s'éteint aussitôt; elle lui suffit : il a vu, il a compris.

Ainsi s'achève, dans les lointains les plus inaccessibles à l'homme, l'œuvre commencée au bord de l'abîme interdit aux vivants. Dans ce merveilleux triptyque, le poète a d'abord voulu que toutes ses inventions, même les plus irréelles, fussent empreintes d'un réalisme saisissant, comme si la vie presque normale se poursuivait dans l'enfer. Mais ceci n'est qu'une apparence, une illusion qui ne pouvait être longtemps entretenue : par une évolution inévitable, Dante, sans rien perdre de son amour inné de la précision, déroule, avec une franchise croissante, dans le Purgatoire des tableaux nettement fantastiques, et aborde, dans le Paradis, une série ininterrompue de visions purement surnaturelles.

Salm (Bas-Rhin), août 1920.

DANTE ET LA PENSÉE MODERNE[1]

I.

Le 14 septembre 1921, il y a eu exactement six siècles que Dante est mort à Ravenne. Il avait cinquante-six ans. A côté de plusieurs œuvres qu'il laissait inachevées, il avait pu conduire à terme sa prodigieuse *Commedia*, au titre de laquelle l'admiration des contemporains ajouta presque aussitôt l'épithète de *Divina*.

Cet homme avait vécu avec une singulière intensité : idéaliste impénitent, il avait connu par expérience toutes les déceptions que la froide réalité peut opposer aux rêves les plus généreux; dès sa jeunesse, l'amour l'avait sacré poète, et l'amour, élargi, transformé, était resté jusqu'au bout son inspiration suprême; chrétien fervent, dévoré de zèle pour le bonheur de l'humanité, il s'était jeté, vers la trentaine, avec toute l'impétuosité de son âme passionnée, dans la lutte des partis; il s'était exalté dans la résistance que la bourgeoisie florentine opposait, vers 1300, aux

1. Conférence tenue à la Sorbonne le 21 février 1921.

8

empiétements d'un pape entreprenant, et ce fut
le point de départ de ses épreuves ; exilé en 1302,
il ne revit jamais les doux coteaux florentins, la
« belle bergerie où il avait dormi agneau, haï des
loups qui lui faisaient la guerre » ; aucune amertume, aucune humiliation ne lui fut épargnée. Il
se replia donc sur lui-même dans un isolement
hautain : seules ses œuvres reçurent la confidence
de ses amours, de ses haines, de ses colères, de
ses invincibles espoirs.

De très bonne heure une légende se forma
autour de lui. Lorsque, sur le pas de leurs portes,
les commères de Vérone voyaient passer cet
homme au visage maigre et sévère, au regard un
peu farouche, elles chuchotaient avec un petit
frisson : « Voilà celui qui visite l'enfer, qui en
revient à son gré, et qui rapporte des nouvelles
des damnés ! »

Son grand poème a été immédiatement copié,
lu, commenté, avec une ferveur qui ne se démen-
tit pas pendant le xve siècle, mais qui s'atténua
ensuite, lorsque, dans l'art et dans la poésie,
triompha l'imitation rigoureuse de l'antiquité ;
puis le culte de Dante se réveilla au xviiie siècle,
pour s'épanouir au xixe avec une force irrésistible.
L'Italie n'a pas été seule, — elle n'a même pas été
la première, — à instituer une *Società Dantesca*
(1888) consacrée à la vulgarisation des œuvres du
grand Florentin, à l'étude approfondie de sa pensée, de sa vie et de son temps ; elle avait été

devancée dans cette voie en Allemagne par la
Dante Gesellschaft (1865) et en Amérique par la
Dante Society (1882). L'Italie a donné le nom de
Società Dante Alighieri (1890) à son association
patriotique la plus vivace. Dans le domaine scientifique, l'Angleterre, la France, la Russie ont apporté à leur tour un important tribut d'efforts à
l'exégèse du divin poème. Celui-ci a été traduit,
en totalité ou en partie, en vingt-cinq langues,
sans compter une douzaine de dialectes italiens.
Un bibliographe américain nous apprend que, de
1800 à 1899, il n'a pas été imprimé moins de
440 éditions de la Divine Comédie, et que l'Italie
a publié, dans le même laps de temps, une
moyenne annuelle de deux cents études relatives
à son poète national.

Le sixième centenaire de la naissance de Dante
fut célébré en 1865, au milieu d'un grand enthousiasme patriotique, à Florence, alors capitale du
jeune royaume d'Italie, par des cérémonies dont
subsistent au moins deux monuments durables :
la statue du poète par Enrico Pazzi, érigée sur la
place Santa-Croce, et le beau volume collectif
intitulé : *Dante e il suo secolo*, auquel ont colla-
boré F. D. Guerrazzi, Cesare Cantù, N. Tommaseo, Aug. Conti, Fr. Carrara, L. Cibrario,
G. Puccianti, etc... Maintenant l'Italie et, avec
elle, le monde civilisé tout entier s'apprêtent à
honorer le grand Florentin, à l'occasion du
sixième centenaire de sa mort.

Comment ne pas se demander d'où vient cette popularité sans cesse élargie? La beauté de l'œuvre de Dante, cause première et essentielle de sa célébrité, ne justifie pas à elle seule les progrès que semble avoir faits la renommée du poète depuis un siècle; il faut donc rechercher comment cet homme d'il y a six cents ans nous intéresse toujours si vivement. En d'autres termes, quels liens rattachent sa pensée et sa vie à la pensée et à la vie modernes?

Il y a là, au premier abord, quelque chose de déconcertant. Car ce que nous pouvons le mieux comprendre et aimer de ce poète, — en dehors de son génie même, — ce sont moins ses idées que ses sentiments et son caractère : nous trouvons en lui un homme qui a beaucoup aimé, beaucoup souffert pour ses affections les plus intimes et les plus sacrées, qui a placé très haut l'idéal de sa vie, et qui, ayant vu tout s'écrouler autour de lui, s'est redressé dans son obstination à proclamer qu'il restait inébranlablement fidèle à son idéal. C'est donc par ses qualités morales, — après son art, — que nous sentons très près de nous ce poète formé à l'école du xiiiᵉ siècle. Par sa pensée proprement dite, Dante nous apparaît aujourd'hui dans un lointain irrévocable; et l'indice le plus certain de l'éloignement auquel il est voué pour nous est le fait qu'il a placé son idéal dans le passé et non dans l'avenir. L'idée de progrès semble lui être restée étrangère : il n'a vu autour de lui que décadence et désorganisation. Il a célébré avec attendrissement le bonheur et la beauté de Florence au temps où c'était une petite ville qui « vivait en paix, sobre et pudique, dans le cercle étroit de ses antiques murailles »; ses malheurs ont commencé le jour où elle a laissé s'installer dans son enceinte élargie quantité de nouveaux venus attirés par l'appât du gain, dont sa prospérité a fait des parvenus de la fortune et de la politique. L'autorité impériale subissait une grave éclipse; la papauté, sortant de son rôle mystique, manquait à sa mission sacrée; les ordres monastiques étaient corrompus, et les citoyens des libres communes s'entre-tuaient; c'était partout le désordre, l'usurpation, l'anarchie. A ces maux, un seul remède : le retour pur et simple aux institutions données par Dieu aux hommes pour assurer leur bonheur terrestre et pour les conduire à la félicité éternelle, c'est-à-dire l'Empire romain, chargé de la direction temporelle des peuples, et le pontificat romain préposé à leur direction spirituelle. Au-dessous de ces deux autorités suprêmes, il ne devait y avoir que discipline, obéissance, chacun à sa place dans l'attente du jour du jugement.

Entre les deux grandes factions qui déchiraient l'Italie, une raison pouvait faire pencher en faveur du parti guelfe en ce sens que, groupés autour de la papauté pour résister aux entreprises des empereurs germaniques, les Guelfes esquissaient un premier mouvement d'union italienne contre une intervention étrangère. L'esquisse était encore timide et assurément inconsciente; il était certes malaisé pour un contemporain d'y apercevoir une perspective lointaine de groupement national, selon l'idée moderne. L'instinct médiéval de Dante ne s'y est pas trompé : élevé dans un milieu guelfe, il est nettement passé du côté des Gibelins et a soutenu avec exaltation, avec véhémence, l'action engagée par Henri de Luxembourg pour écraser les Guelfes et en particulier Florence.

Il y a lieu d'ajouter que, dans le domaine purement intellectuel, Dante reste fortement attaché aux traditions du XIIIe siècle. Sa philosophie et sa science de la nature dérivent d'Aristote, à travers les ouvrages des savants arabes traduits en latin, et surtout à travers saint Thomas d'Aquin. Sa conception de la poésie repose sur la multiplicité des sens que doit renfermer un texte et sur son interprétation allégorique : le sens littéral est un beau mensonge; la vérité ne s'en dégage que par une exégèse savante. Dante a du goût pour les prophéties, pour les rébus; quelques-uns sont puérils, et plusieurs restent pour nous indéchiffrables. D'autre part, quiconque est familier avec ses œuvres en prose latine et italienne sait combien son raisonnement par syllogismes procède de la méthode scolastique et à quel point son latin est encore médiéval. Malgré l'étude passionnée de certains auteurs classiques comme Virgile, Dante reste très éloigné du type de l'humaniste tel que l'a d'abord réalisé Pétrarque, tel qu'il s'est généralisé au xve siècle.

Tout cela devait être rappelé, parce que l'oublier équivaudrait à fausser la physionomie exacte de Dante. Mais tout cela n'est qu'une partie de la vérité; pour être complet, il faut ajouter que, au milieu de l'atmosphère médiévale qu'il a respirée à pleins poumons, Dante a eu pourtant des intuitions modernes qui font de lui un précurseur. Son raisonnement peut nous rebuter par sa forme; mais il aboutit souvent à des conclusions qui nous agréent. Ce point de vue mérite d'être examiné avec attention; et d'abord, voyons comment de ses conceptions politiques démodées se dégagent quelques lueurs de vérité moderne.

II.

Un fait domine, aux yeux de Dante, toute l'histoire, toute l'organisation politique du monde; c'est la dignité impériale de Rome. La fondation et le développement prodigieux de cette ville sont l'éclatante manifestation d'une volonté providentielle : Dieu a voulu que la terre entière fût soumise à un seul maître, Auguste, dont l'autorité juste et bienfaisante fit régner un moment la paix universelle; alors, en effet, furent fermées les portes du temple de Janus; la « plénitude des temps » fut atteinte, et Jésus naquit à Bethléem. L'Empire, en assurant la paix du monde, avait rendu possible le salut de l'humanité, et Rome, souveraine de l'univers, était destinée à devenir la résidence du vicaire du Christ ici-bas.

Si l'homme avait été pur, si sa volonté s'était naturellement conformée à la volonté de Dieu, l'autorité pontificale aurait suffi pour régir le monde. Mais, puisque l'humanité est en proie au péché, puisqu'elle vit en état de révolte constante contre la volonté divine, il est indispensable qu'elle soit maintenue dans l'obéissance par la force, c'est-à-dire par l'épée de l'empereur. La dignité impériale ne devait donc pas disparaître avec la diffusion du christianisme; malgré de longues éclipses, elle était toujours intacte : Charlemagne l'avait rétablie en se portant au secours de l'Église menacée par les Lombards; puis le sceptre impérial était passé aux mains des sires germaniques que Dante considérait comme les légitimes héritiers des Césars : Henri VII de Luxembourg est pour lui « l'époux de l'Italie, la consolation du monde, la gloire du peuple italien, *Divus et Augustus et Caesar* ».

Mais alors une double question se posait : comment, dans la pratique, réaliser l'accord entre ces deux autorités qui se réclamaient également de Rome? — et comment, en droit, définir leurs rapports et leurs prérogatives? — La solution pratique est bien connue : ce fut le conflit séculaire du sacerdoce et de l'Empire, la querelle des investitures, les violences exercées par les trois Othon contre les papes, l'humiliation infligée à Henri IV par Grégoire VII à Canossa, le court triomphe d'Innocent III, la lutte entre Frédéric II et Grégoire IX, enfin les événements auxquels Dante assista : les entreprises de Boniface VIII et la descente de Henri VII en Italie.

Les discussions des juristes accompagnaient le cliquetis des armes et les foudres ecclésiastiques. Du côté guelfe, on mettait en avant de nombreux et subtils arguments pour soutenir la prééminence de l'autorité pontificale et la dépendance de l'empereur. Dante, au troisième livre de son *De Monarchia*, a pris la peine de réfuter un à un tous ces arguments, et il s'est flatté de les réduire à néant. Sa discussion est fort curieuse ; il vaut la peine d'en retenir deux ou trois points.

On disait : lorsque Charlemagne eut vaincu les Lombards, il se rendit à Rome et reçut la couronne impériale des mains du pape Adrien Ier (en réalité de Léon III). Dante répond : une usurpation ne crée pas un droit ; autant vaudrait soutenir que le pape est soumis à l'empereur parce qu'Othon Ier a déposé Benoît V et l'a exilé en Saxe pour rétablir Léon VIII. L'exemple de Samuel, chargé par Dieu de déposer Saül, n'a pas plus de valeur, car Samuel n'était pas le vicaire permanent de Dieu sur la terre : il s'acquittait simplement d'une mission particulière. —

Mais l'argument le plus célèbre et le plus curieux
est celui du soleil et de la lune. Dieu a créé deux
astres dans le ciel, un plus grand qui éclaire pendant le jour, l'autre plus petit qui brille la nuit.
Ce sont les images des deux souverainetés, spirituelle et temporelle : et de même que la lune n'a
de lumière qu'autant qu'elle en reçoit du soleil,
de même l'empereur n'a d'autorité qu'autant qu'il
en reçoit du pape. Dante aurait pu répondre que
comparaison n'est pas raison et qu'aucun motif
valable n'oblige à identifier le soleil avec la papauté
plutôt qu'avec l'Empire. Mais cela eût été trop
simple ; il préfère observer que, soleil et lune
ayant été créés le quatrième jour, et l'homme
seulement le sixième, il est absurde de soutenir
que Dieu a donné une figure aux deux guides
dont l'humanité devait avoir besoin, avant que
l'humanité eût péché, avant même qu'elle existât.
Quel est le médecin qui compose un emplâtre
pour guérir l'abcès futur d'un malade qui n'est
pas encore né? Et la riposte est irrésistible !
Dante observe d'ailleurs que, si la lune reçoit du
soleil sa lumière, elle possède cependant en propre
une certaine lueur, perceptible quand elle subit
une éclipse, et qu'en tous cas elle ne tient du soleil ni son existence, ni son mouvement, ni l'influence qu'elle exerce. Poursuivant son raisonnement, il démontre que l'autorité impériale est
parfaitement indépendante de l'autorité pontifi-

cale, puisque aussi bien l'Empire a été institué avant le pontificat, et que l'un et l'autre procèdent directement de Dieu : « De Lui, comme d'un point unique, bifurquent la puissance de Pierre et celle de César. »

A travers une dialectique qui nous est devenue étrangère, Dante arrive donc à une conclusion très moderne : il a compris la nécessité d'une séparation rigoureuse des deux pouvoirs. Bien loin de s'en tenir à l'idéal théocratique que tant d'autres, pendant des siècles, ont continué à caresser, il a nettement affirmé la complète indépendance du pouvoir civil à l'égard du pouvoir religieux, et réciproquement; il veut que ce soient non le soleil et la lune, mais deux soleils égaux : « Rome, qui a enseigné la vertu au monde, possédait jadis deux soleils, qui éclairaient les deux routes, celle du monde et celle de Dieu » (Purg., XVI, 106). Il serait souverainement ridicule de soutenir que Dante a prévu la formule « l'Église libre dans l'État libre », mais il est certain qu'il a dénoncé avec véhémence tout empiétement d'un domaine sur l'autre.

Aussi un des chapitres sur lesquels il n'admet aucun compromis est celui du pouvoir temporel des papes. Pour lui, la corruption du clergé et la décadence de l'Église à la fin du XIIIᵉ siècle s'expliquent par les appétits et les ambitions qu'avait éveillés chez les clercs la gestion des intérêts temporels. L'amour des richesses, l'ivresse du pouvoir avaient empoisonné l'Église :

Fatto v'avete Iddio d'oro e d'argento,

s'écrie le poète dans l'Enfer, en présence d'un pape simoniaque (XIX, 12); et du haut du paradis, l'imprécation de saint Pierre tonne encore plus terrible contre ses successeurs indignes :

In vesta di pastor lupi rapaci
Si veggion di qua su in tutti i paschi!
(XXVII, 55, 56.)

L'éloignement des empereurs et leur abstention dans les affaires italiennes favorisaient les empiétements temporels des papes; l'épée était brandie par la même main qui tenait la crosse pastorale : comment l'une et l'autre auraient-elles été bien maniées? (Purg., XVI). Et le scandale allait plus loin; ce n'était pas aux infidèles, mais à des chrétiens que les papes faisaient la guerre! (Inf., XXVII, 85 et suiv.). L'origine du mal? Dante la voyait dans l'institution du pouvoir temporel, dont il rendait responsable l'empereur Constantin. Avec tout le moyen âge italien, il a cru authentique la *Donatio Constantini*, dont le texte circulait depuis le xe siècle. Le poète admet que l'intention du grand empereur avait été bonne, mais il estime que tous les malheurs de son siècle dérivent de là (Par., XX, 55-60); car l'empereur n'avait pas le droit d'aliéner son autorité sur une partie quelconque de son patrimoine, et l'Église n'avait pas le droit de posséder. Jésus n'avait-il pas dit aux apôtres : « Ne prenez ni or ni argent, ni monnaie dans vos ceintures, ni sac pour le voyage, ni deux tuniques, ni chaussures, ni bâton? » N'avait-il pas déclaré : « Mon royaume n'est pas de ce monde? » Dante préconise donc le retour à la pauvreté évangélique la plus sévère :

O ignota ricchezza, o ben verace!

De là vient l'admiration profonde qu'il a vouée à saint François, fidèle et joyeux serviteur de Dame Pauvreté (Par., XI).

Ami des contrastes, qu'il ne craint pas de pousser jusqu'à la caricature, Dante oppose aux apôtres Pierre et Paul, « maigres et décharnés, mangeant à n'importe quelle pauvre table », les prélats bien repus qu'il faut hisser sur leurs palefrois, recouverts, eux et leurs montures, de leurs somptueux manteaux,

Sì che due bestie van sotto una pelle!
(*Par.*, XXI, 134.)

On voit que Dante, si respectueux du dogme, use d'une grande liberté de langage quand il s'agit de dénoncer les tares dont souffrait l'Église du xiiie siècle. Ne disons pas qu'il fut un précurseur de la Réforme, mais sachons bien qu'il a souhaité ardemment une réforme, devenue nécessaire, des mœurs et de la discipline. N'oublions

pas non plus qu'il ramenait toute la vie spirituelle
à l'imitation, à l'adoration de la personne du
Christ : en lui seul est le fondement de l'Église,
répète-t-il avec saint Paul ; en lui seul aussi est le
fondement de la foi, en dehors et au-dessus de
toute prétendue tradition ecclésiastique.

Ramener l'humanité égarée au pur esprit chrétien, au culte en esprit et en vérité, telle apparaissait à Dante la mission sacrée des papes : ils
devaient pouvoir s'en acquitter en toute liberté
sans s'immiscer en rien dans les intérêts temporels. De leur côté, les empereurs avaient le devoir de respecter l'indépendance spirituelle des
papes, mais en maintenant intactes toutes les prérogatives du pouvoir laïque. Jamais la séparation
de la politique et de la religion n'a été plus nettement réclamée.

III.

Ce christianisme élevé, désintéressé, dégagé
des contingences de la politique, a beaucoup con-
tribué, pendant la période du *Risorgimento*, à la
popularité de Dante en Italie ; car des patriotes
catholiques, comme Silvio Pellico, Gioberti ou
Tommaseo, n'ont pas moins que les anticléricaux,
— Mazzini, Niccolini, G. Rossetti, — exalté en
lui le grand poète national de la nouvelle Italie.

Il y a fort à dire sur le caractère national de la
politique dantesque ; ici comme ailleurs il faut

éviter de jouer sur les mots. Le terme « nation »
n'a guère pris sa signification moderne que depuis
la Révolution française. Dante était trop hanté
par le rêve impérial pour concevoir un ordre politique fondé sur le principe des nationalités. Par
définition, l'Empire devait englober tous les
peuples de la terre; c'était la monarchie universelle, c'est-à-dire la négation de tout régime national.

Mais sur ce point nos idées modernes risquent
de nous induire en erreur, car nous avons peine
à concevoir un empire pacifique, qui ne soit ni
conquérant ni oppresseur, et c'est ainsi pourtant
que Dante l'imaginait. L'autorité de l'empereur
devait s'exercer comme celle d'un arbitre, d'un
juge suprême : il dictait des sentences, il donnait
des ordres qui exigeaient une parfaite obéissance,
une soumission immédiate. Pour imposer sa volonté aux récalcitrants, l'empereur recourait à la
force; c'est pour cela que Dieu lui avait mis l'épée
en main. Mais comme il ne trouvait devant lui
aucune armée nationale à combattre, il lui suffisait de disposer de ce que nous appelons des
forces de police. Il n'était même pas nécessaire
que l'empereur fût le souverain d'un état très
puissant, car, dans les mesures de coercition qu'il
pouvait avoir à prendre, il devait compter sur le
concours de ses vassaux fidèles. C'est à peu près
ainsi que nous voudrions imaginer le président
de la Société des Nations.

En effet, cette organisation respectait l'individualité de chaque état, petit ou grand, lui laissait ses institutions propres et son autonomie, dans la mesure où celles-ci ne rompaient pas l'équilibre dont l'empereur était le gardien jaloux. Parmi ces états, à côté des royaumes et des duchés, il y avait place, en Italie surtout, pour des républiques minuscules, pour ces communes remuantes, dont la prospérité, à la fin du moyen âge, a préparé le grand mouvement intellectuel de la Renaissance. Ainsi la pensée de Dante oscillait entre deux infinis, l'utopie de la monarchie universelle d'une part, et de l'autre une poussière d'états rivaux animés d'une vie très intense. Entre ces deux extrêmes, il n'y avait pas de place pour ce que nous appelons des nations.

Cependant les citoyens de l'Italie moderne qui ont glorifié Dante comme un des prophètes de leur patrie affranchie et unifiée n'ont pas été victimes de pures illusions. Ici encore, en dépit de certaines conceptions utopiques ou périmées, Dante a réellement célébré l'Italie de telle façon que les hommes du xixe siècle ont pu distinguer dans son œuvre des présages assez précis de l'évolution politique à laquelle ils ont assisté.

Dans les régions riveraines de la Méditerranée, le poète continuait à voir des provinces, dont la première en dignité était l'Italie, souveraine de toutes les autres : *Donna di provincie*. Avec Rome, berceau et foyer de la puissance impériale, la péninsule constituait « le jardin de l'Empire ». Elle devait ce privilège à sa noblesse, à sa beauté qui, en échange, lui imposaient le devoir d'être mieux ordonnée qu'aucune autre province, dans l'intérêt de la paix générale non moins que dans le sien propre. Mais par la force des choses, si grande que fût la sollicitude de Dante pour le reste du monde, c'est l'Italie qui dominait toutes ses pensées. En fait, il parle assez peu des affaires des autres peuples, et uniquement par rapport aux intérêts italiens ; la seule politique pour laquelle il se passionne est, en définitive, celle de l'Italie ; en sorte qu'un lecteur, même attentif, peut fort bien, sans perdre de vue le caractère universel du rêve impérial de Dante, soutenir que son œuvre atteste surabondamment son patriotisme italien.

Il est exact encore que deux des traits caractéristiques qui contribuent à fixer la physionomie propre de l'Italie, en tant qu'unité politique et nationale, ont été fortement mis en relief par Dante. C'est d'abord son unité géographique dont les contours, à dire vrai, sont faciles à saisir ; en les rappelant le poète ne fait assurément que répéter des notions courantes. Mais il y apporte un rare souci de la précision, avec une prodigieuse ampleur dans l'évocation de paysages grandioses, tels qu'un œil humain ne saurait les embrasser dans leur totalité. Il désigne soigneusement les limites naturelles de l'Italie, à l'est et au nord, c'est-à-dire le golfe de Quarnero, « qui ferme l'Italie et baigne ses frontières » en y englobant l'Istrie, et d'autre part cette muraille des Alpes, franchissable seulement par la haute échancrure du Brenner, « qui borne l'Allemagne au-dessus du Tyrol », et cette barrière des pays latins est évoquée par Dante comme fond de l'admirable esquisse du système compliqué de vallées qui déversent leurs eaux dans le lac de Garde, « là-bas, tout au nord de la belle Italie ». Or, ce sont là précisément les frontières que l'Italie devait atteindre un peu avant de célébrer le sixième centenaire de la mort de son poète. On ne saurait donc nier que Dante ait vu juste et loin.

Il y avait beaucoup plus de mérite à discerner un autre aspect, capital, de la « personnalité » de l'Italie : l'unité de sa langue. Cette unité, pendant des siècles, s'est si bien dissimulée derrière la multiplicité des patois qu'au XIXe siècle encore on a discuté, non sans passion, sur la nature, sur les caractères de la langue italienne et sur le point de savoir où se trouve le modèle auquel doivent se conformer les écrivains de toute la péninsule. Dès l'aurore du XIVe siècle, par une intuition géniale, Dante a reconnu le lien linguistique mystérieux et fort qui, en dépit de différences profondes de mœurs, d'institutions et de climat, unissait idéalement toutes les populations éparses entre le demi-cercle des Alpes et les extrémités méridionales de la péninsule et de ses grandes îles, intuition merveilleuse si l'on songe que les premiers essais de poésie en italien, tentés en Sicile à la cour de l'empereur Frédéric II, remontaient tout au plus à un siècle avant l'achèvement de la Divine Comédie! La difficulté était de trouver une expression littéraire qui fût comprise, non seulement dans telle ou telle ville ou dans le territoire adjacent, mais dans la plus grande étendue possible des pays italiens, malgré la diversité des dialectes; elle était aussi de donner au langage écrit une gravité, une noblesse que chacun reconnaissait au latin, mais dont la langue vulgaire était entièrement dépourvue.

Un des grands obstacles qui ont entravé la solution de ce double problème a été la résistance séculaire de l'esprit municipal en Italie. Bien que, depuis le début du xvie siècle, les titres incontestables du langage de Florence aient été reconnus par une série d'Italiens originaires d'autres régions, rien ne saurait décider un Piémontais, un Vénitien ou un Napolitain à parler ou à écrire florentin, — à supposer qu'ils en soient capables! Le mérite éminent de Dante a été d'abord de s'élever au-dessus de cet esprit municipal et de concevoir un idiome que nous pouvons déjà appeler national. Il a eu le courage d'écrire que le patois parlé à Pise ou à Florence est un *turpiloquium* aussi bas qu'aucun autre. En outre, grâce à une faculté d'observation exceptionnelle, il a reconnu, entre tous ces dialectes divers, nombre de traits communs; tout le monde était frappé de leurs différences : Dante a saisi leurs ressemblances, ce qui était plus méritoire. Chacun d'eux, dit-il, possède de bons éléments, utilisables pour constituer la langue, le « vulgaire illustre » de l'Italie; mais aucun ne possède à la fois tous ces éléments. Il se compare à un chasseur qui, à travers les forêts, les montagnes et les pâturages d'Italie, poursuit un glorieux et insaisissable gibier, une panthère, — dont ici la bigarrure est certainement allégorique; — partout il en trouve la trace, partout ses chiens en reconnaissent le fumet; mais il doit se convaincre que la bête n'a aucun gîte fixe; elle n'est pas ici ou là; elle n'habite nulle part, parce qu'elle circule partout. Le « vulgaire illustre » d'Italie ne doit pas être cherché à Bologne, à Florence ou à Rome : il est répandu d'un bout à l'autre du pays, jusqu'à Turin et jusqu'à Trente, où il est encore reconnaissable, malgré les inévitables mélanges qu'impose au langage de ces villes le voisinage de populations différentes.

On a pu penser que c'était là une brillante utopie, et rien de plus. Mais il faut se rappeler que Dante a joint l'exemple au précepte; il ne s'est pas contenté de disserter sur le mouvement : il l'a démontré en marchant, — c'est-à-dire que ses œuvres ont révélé et consacré la puissance expressive de la langue italienne; or, la langue de Dante n'est pas le pur dialecte florentin. Le poète a fait un constant effort pour imprimer à son expression un caractère de généralité où s'effacent les traits qui donnent à un patois sa physionomie propre. Il élève et élargit son langage en le rapprochant le plus possible du latin, source commune de tous les dialectes italiens, en y admettant nombre de formes étrangères à la Toscane et aussi de mots empruntés au provençal et au français, qu'une tradition littéraire alors très vivace avait rendus familiers aux lecteurs italiens; et encore il forge des mots nouveaux, hardis parfois, mais dont le sens se dégage avec une clarté suffisante de leur formation même. Cette langue est une création de génie dont beaucoup d'éléments, certes, ont vieilli depuis six siècles, mais dont l'âme a conservé toute sa fraîcheur : c'est l'âme de la langue italienne elle-même.

A diverses époques, des esprits aventureux se sont réclamés de l'utopie linguistique de Dante pour essayer de résister aux partisans du purisme florentin; mais ces derniers parurent triompher de façon définitive vers le milieu du xixe siècle, lorsque le milanais Manzoni eut donné l'exemple d'aller « rincer ses frusques dans les eaux de l'Arno ». En réalité, la doctrine manzonienne s'est tout doucement effritée au contact des faits : l'unification politique de l'Italie et la facilité infiniment accrue des voyages ont établi entre toutes

les provinces, du nord au sud, des relations dont,
il y a moins d'un siècle, on n'aurait jamais imaginé la fréquence et l'intimité. Piémontais ou
Vénitiens ont épousé des Napolitaines ou des
Siciliennes ; ils ont élevé leurs enfants à Rome, à
Florence, à Milan ou à Bologne ; cette nouvelle
génération n'a plus de racines dans telle ou telle
localité, elle ne parle aucun dialecte : elle ne sait
que l' « italien ». Ce cas n'est pas encore le plus
général ; cependant le bourgeois cultivé, qui passe
sa vie entière dans sa ville natale, qui en conserve
jalousement le dialecte avec les préjugés, ce témoin du « campanilisme » d'antan est un type
qui, en Italie, disparaît très vite.

Bien plus ; cette fusion des provinces et de leurs
idiomes s'est imposée de la façon la plus irrésistible à toutes les classes sociales, même les moins
cultivées, lorsque la grande guerre a jeté pêle-
mêle, sur le front de bataille, de la Suisse à
l'Adriatique, les brigades de toutes les régions :
Sardes et Siciliens s'y sont couverts de gloire à
l'égal des Alpins ; il leur a fallu souffrir, mourir,
lutter, vaincre côte à côte ! Chacun, comme Dante
autrefois, a dû faire un effort pour franchir les
bornes étroites de son dialecte, afin de se faire
comprendre de ces frères longtemps inconnus.
La nécessité de cet effort ne pourra plus être ou-
bliée. Le grand poète l'avait donc bien compris :
la langue nationale de l'Italie ne s'est constituée
telle quelle dans aucune ville privilégiée : chaque

province en fournit les éléments et lui apporte quelque chose de sa vie propre.

IV.

Au-dessus de la patrie italienne, envisagée dans sa dignité politique, dans son unité territoriale et linguistique, Dante a eu d'autres intuitions d'avenir, propres à frapper un moderne. Au premier rang, il faut placer son amour de la science, son culte de la vérité, son ardeur à en conquérir la moindre parcelle et l'exaltation où le plongeait la perspective d'ouvrir à nos connaissances des horizons nouveaux.

Ce poète ne s'était pas livré très jeune à l'étude. Il raconte que ce fut seulement après la mort de Béatrice (c'est-à-dire après 1290) qu'il chercha un apaisement à sa douleur dans le *De Consolatione* de Boèce et le *De Amicitia* de Cicéron; encore éprouva-t-il, pour commencer, quelque peine à les bien comprendre. Il avait alors plus de vingt-cinq ans, et ce fut le point de départ de ses études philosophiques. Jamais il n'atteignit la richesse et la variété de culture qui distingua Pétrarque. Dante lut certes beaucoup et avec passion, mais avec des préoccupations fort différentes de celles qui inspirèrent plus tard les humanistes : l'histoire des siècles antiques, étudiés pour eux-mêmes, l'intéressait moins que les problèmes de la nature, du monde créé par Dieu et de la destinée humaine. Dans cet ordre d'idées, tous les faits, les doctrines ou les théories que lui révélaient ses lectures excitaient au plus haut point son enthousiasme; il les gravait dans sa mémoire, jusqu'à ce que, une nouvelle interprétation lui étant révélée, il rejetât les théories d'abord acceptées pour s'attacher à une explication meilleure. Car il ne se contentait pas d'une science toute faite, qui eût pu épuiser une fois pour toutes sa curiosité : avec plus d'ardeur et de bonne foi que de critique, il recherchait sans cesse des notions plus complètes et plus sûres, et son œuvre conserve de curieuses traces de ces « progrès » et de ces « repentirs » de sa science. Dans son traité en prose, le *Convivio*, il avait expliqué, d'après Averroès semble-t-il, l'origine des taches de la lune; mais, ayant ensuite trouvé dans Albert le Grand une explication différente du phénomène, il s'empressa, dans son Paradis (ch. II), d'y adhérer en condamnant sa première théorie. Ailleurs, c'est le classement des hiérarchies angéliques qui est l'objet d'une correction analogue : il avait accepté d'abord celui qu'énonce Brunetto Latini; ensuite il opta nettement pour le classement indiqué par Denys l'Aréopagite et voulut mettre le lecteur en garde contre l'erreur commise à ce sujet par saint Grégoire (Paradis, ch. XXVIII)[1]. Ce sont de minces détails, mais d'autant plus

1. Voir ci-dessus, p. 75.

dignes d'attention qu'ils montrent mieux le soin avec lequel Dante tenait à jour l'état de ses connaissances sur les questions les plus diverses.

Mais il y a dans l'Enfer un épisode dont la portée, au point de vue qui nous occupe, est infiniment plus haute, c'est l'épisode d'Ulysse. Dante tenait d'Horace que ce personnage « avait visité les pays et observé les mœurs de peuples nombreux ». Comment fut-il amené à faire de lui, un siècle et demi avant Christophe Colomb, le type du découvreur de mondes, de l'explorateur qui trouve une mort sublime dans une expédition hasardeuse? Le problème demeure obscur; mais, à supposer même qu'un texte inconnu de nous ait pu faire penser à Dante qu'Ulysse mourut en mer, sans jamais revoir Ithaque, il est indubitable que l'accent qu'il a donné au récit de cette héroïque aventure reflète uniquement l'émotion personnelle du poète.

L'Ulysse dantesque est le navigateur obstiné, toujours avide de découvrir de nouveaux horizons. Il a déjà parcouru toute la Méditerranée, de l'île de Circé, au levant, jusqu'aux côtes d'Espagne et du Maroc; le voici devant les colonnes d'Hercule qui lui disent : « On ne passe pas! » Alors une idée subite s'empare de son esprit : il faut voir ce qu'il y a au delà. Et, se tournant vers ses compagnons, comme lui appesantis par l'âge, il leur tient un bref discours : « Frères, après mille dangers, nous voici arrivés aux limites occidentales du monde. Nous n'avons plus guère de temps à vivre; ne dérobez donc pas aux courts instants dont vous disposez l'occasion d'explorer, en suivant la route du soleil, le monde inhabité. Considérez la dignité de votre race; vous n'avez pas été créés pour vivre comme des bêtes, mais pour développer en vous l'activité et la science! » Une ardeur inconnue s'empare alors de ces vieux marins; rien ne pourrait les retenir; ils mettent le cap à l'ouest, se courbent sur les rames et s'élancent d'un vol insensé, se dirigeant de plus en plus vers le sud. Les jours, les nuits se succèdent, cinq mois s'écoulent, et ils rament toujours! Enfin ils aperçoivent au loin la silhouette d'une montagne si haute que jamais ils n'avaient vu la pareille; la joie gonfle leurs poitrines, quand tout à coup un ouragan s'abat sur leur fragile embarcation : prise dans un irrésistible remous, elle tournoie sur elle-même et coule à pic.

Il y a dans ce récit un élément surnaturel qu'il importe d'abord d'isoler. Cette montagne lointaine n'est autre que le purgatoire, situé par Dante au milieu de l'océan, aux antipodes de Jérusalem ; aucun vivant n'y peut aborder, et cette interdiction est la cause véritable du naufrage des imprudents navigateurs. Mais ces détails ne sont pas ce qui retient le plus l'attention d'un lecteur moderne : son intérêt et sa sympathie sont attirés par la passion qui inspire la folle équipée d'Ulysse et de ses compagnons. Ils savent que la mort les guette, — et c'est là une pensée qui est de mise à tout âge, — aussi veulent-ils consacrer le temps dont ils disposent à l'action la plus digne et la plus noble, non par amour de la gloire, car ils vont au-devant d'un trépas obscur qui n'aura aucun témoin, — il faudra un poète revenu de l'enfer pour le raconter ! — mais en considération de leur haute mission : « Vous êtes, leur dit Ulysse, des hommes, incapables de vous confiner, comme les bêtes, dans la satisfaction des plus bas instincts. » La dignité éminente de l'homme est de travailler à son perfectionnement, au sien propre et à celui de ses semblables, et c'est pour cela qu'une force irrésistible le pousse à développer son énergie créatrice (*virtute*) et à accroître ses connaissances.

L'enthousiasme qu'excite ce discours chez les compagnons d'Ulysse est celui des grands explorateurs, des grands inventeurs, de tous ceux qui, au moment de faire un pas en avant, que l'humanité n'a encore jamais fait, ne comptent pour rien le sacrifice de leur vie; et alors commence la « course folle » (*il folle volo*). Dante a compris et traduit avec une force qui n'a jamais été dépassée le moment d'exaltation et de foi qui, à l'idée d'ouvrir aux hommes des horizons nouveaux, de mettre à leur diposition des moyens d'action encore insoupçonnés, abolit dans l'individu toute considération d'intérêt personnel.

Certes, ce dévouement sublime à la science, il

est de tous les temps; mais avons-nous tort de penser que jamais l'humanité n'en a donné plus d'exemples qu'au cours des années que nous venons de vivre? N'est-ce pas, après le culte de la patrie, la religion de la science qui a eu le plus grand nombre de martyrs? Combien de vies ardentes n'ont pas été allègrement sacrifiées, par exemple, à la volonté de conquérir aux hommes le domaine de l'air et de réaliser au plus tôt toutes les perspectives d'activité nouvelle que cette conquête leur promet? N'oublions donc pas le *folle volo* d'Ulysse, qui devançait tant d'exploits modernes, avec cette différence que nous ne croyons plus à un veto divin. Au reste, l'Ulysse de Dante n'y croit guère, à en juger par ce programme de progrès indéfini qu'il trace à l'humanité :

> Fatti non foste a viver come bruti
> Ma per seguir virtute e conoscenza!

En présence de l'Ulysse de l'Enfer, nous ne pensons plus au damné relégué par Dante, avec Diomède, avec Guido de Montefeltro et tant d'autres, parmi les conseillers perfides; nous pensons moins encore à son péché qu'à celui de Francesca, quand nous considérons cette image sublime d'une volonté qui se livre sans réserve à un amour interdit, ou au péché d'Ugolin, victime de passions politiques qui lui inspirèrent à lui-même des actes répréhensibles, mais devenu pour nous l'incarnation définitive de la douleur

paternelle soumise aux plus affreuses tortures :
dans l'Ulysse dantesque nous ne pouvons voir
que le glorificateur de l'énergie virile et de l'esprit
de sacrifice, mis au service de la science.

V.

Les caractères modernes de l'art de Dante
sortent du cadre de cette étude. Mais ce n'est pas
s'éloigner de la pensée du poète, considérée dans
ses rapports avec la nôtre, d'observer que son art
est moderne, précisément parce qu'il ne se con-
forme pas en tous points aux règles de la poétique
médiévale dont il était le fervent adepte. Certes,
il fait une large place au symbole; il distingue
soigneusement le sens littéral du sens allégorique, et l'interprétation de ses vers peut être tour
à tour théologique, politique ou morale; nous ne
risquons pas de l'oublier, car il nous le rappelle
assez souvent. Cependant défions-nous des critiques, anciens ou modernes, qui ne voient guère
que cela dans la poésie dantesque, les uns parce
qu'ils n'y ont jamais regardé autre chose, les
autres parce que, absorbés dans le déchiffrement
de ces rébus, ils finissent par perdre de vue tout
le reste. Mais ce n'est pas un paradoxe de dire
que le symbolisme occupe une place limitée dans
la Divine Comédie. En réalité, les deux éléments
qui constituent la matière du poème sont l'élément didactique et l'élément poétique. Le pre-

mier ne se présente pas toujours, tant s'en faut, sous forme allégorique. Les enseignements placés dans la bouche des principaux guides, Virgile, Stace, Béatrice, saint Bernard, sont exposés sous une forme directe, en particulier dans le Purgatoire et le Paradis. L'allégorie n'intervient que dans certains cas particuliers, et alors elle y abonde, le poète s'en donne à cœur joie, par exemple aux deux premiers chants de l'Enfer, aux deux derniers du Purgatoire, et dans plusieurs autres passages. Mais l'élément poétique proprement dit, — lyrique, descriptif, satirique ou dramatique, — échappe à la tyrannie de l'interprétation allégorique; le sens littéral se suffit à lui-même. Tel est le cas chaque fois que Dante parle en son propre nom, pour décharger son cœur ulcéré, ou pour exprimer son enthousiasme, chaque fois qu'il évoque des paysages ou des personnages réels, trace des portraits, déroule devant nos yeux une scène dialoguée ou mimée, nous initiant ainsi à la vie et à la pensée de son siècle.

Faut-il faire un crime aux lecteurs modernes de la Divine Comédie de ce qu'ils s'attachent surtout, ou même uniquement, à ces pages, qui sont d'ailleurs les plus nombreuses dans l'Enfer? Peu d'antologues résistent à cette tentation, et il y a en effet d'admirables morceaux dans les parties plus sévères dont se détourne trop souvent l'attention des lecteurs. Mais sans perdre son temps en reproches vains, il convient surtout de souligner le fait que ce poète du xive siècle a été capable de s'affranchir constamment des formes étroites et rigides dans lesquelles ses contemporains, et beaucoup de ses successeurs, enfermaient l'expression de leurs idées et même de leurs passions. C'est parce qu'il a si bien su, à l'occasion, s'évader de son temps que Dante réussit à être tout près du nôtre. Homme du moyen âge, il l'est assurément, mais avec des échappées lumineuses de pensée et de sentiment modernes, et c'est par là, en fin de compte, que la puissance de son génie se manifeste avec le plus d'éclat.

Paris, mai 1920.

DANTE

DANS LA POÉSIE FRANÇAISE

DE LA RENAISSANCE[1]

Le plus grand poète de l'Italie est assurément celui dont l'influence s'est le moins fait sentir en France à l'époque de la Renaissance et durant la période classique. D'autres écrivains italiens ont eu, dès le XVe siècle, une action beaucoup plus décisive sur les destinées de la prose et de la poésie françaises ; il suffit de rappeler les noms de Pétrarque et de Boccace, dont les œuvres ont été fréquemment traduites et imitées ; après eux, Sannazar, Bembo et toute la phalange des pétrarquistes, puis l'Arioste, le Tasse, bien d'autres encore ont trouvé chez nous de fervents admira-

.1. Cette étude a servi de sujet à une conférence faite à Milan, le 12 février 1899, sous le patronage du Comité milanais de la *Società dantesca italiana*. Elle a été publiée sous sa première forme dans les *Annales de l'Université de Grenoble*, t. XI (1899), et traduite en italien, par A. Agresta, pour former le fascicule 36 de la *Biblioteca critica della letteratura italiana*, diretta da F. Torraca ; Florence, 1901. — Mon travail était de peu postérieur à la publication des *Dernières poésies de Marguerite de Navarre*, due à M. Abel Lefranc (1896) et à la

teurs, alors que Dante était négligé, et négligé à
tel point qu'il semble avoir été inconnu des plus
grands écrivains français. Montaigne, dont la mémoire était si merveilleusement garnie et qui ne
dédaignait pas d'enchâsser dans sa prose quelques
vers de Pétrarque ou du Tasse à côté de ceux de
Lucrèce, de Virgile ou d'Horace, Montaigne qui
parle incidemment de Boccace, de Machiavel, de
l'Arioste, de Bembo, de Castiglione, de Caro, de
l'Arétin, ne nomme même pas l'Alighieri[1]. Nos

ce volume par Gaston Paris, dans le *Journal des savants* (mai
1896). L'article d'Arturo Farinelli sur *Dante e Margherita di
Navarra* n'a paru dans la *Rivista d'Italia* qu'en 1902, et son
grand ouvrage *Dante e la Francia* est de 1908; celui d'A.
Counson, *Dante en France*, a paru en 1906. Je ne m'exagère
pas la valeur de la priorité que je revendique ici, en un sujet
qui a été depuis repris maintes fois (voir, par exemple, Maurice Mignon, *les Affinités intellectuelles de l'Italie et de la
France*; Paris, 1921). Cette priorité est cependant ce qui m'a
paru mériter à cet essai déjà ancien d'être réimprimé. La
rédaction du texte n'en est pas modifiée, sauf en d'infimes
détails; mais dans les notes, j'ai essayé de tenir compte des
travaux récents les plus utiles.

1. Dans une étude à laquelle j'ai fait plus d'un emprunt
(*Dante in Frankreich*; Berlin, 1898), M. Hermann Oelsner cite
comme une allusion directe à Dante un passage des *Essais*
(II, 10), où l'on peut tout au plus trouver la raison du peu de
goût de Montaigne pour les lectures difficiles en général; mais
il n'y a aucune raison de supposer qu'il ait eu particulièrement en vue la Divine Comédie. Quant aux deux citations de
Dante qu'il a cru relever (*Inf.*, XI, 93, dans *Essais*, I, 25, et
Purg., XXVI, 34-36, dans *Essais*, II, 12), il s'agit d'idées si
communes et si peu personnelles à Dante que je ne vois pas
pourquoi on y voudrait voir des réminiscences de la Divine
Comédie. D'ailleurs, M. Oelsner le reconnaît, et il a pris la
peine de montrer que Montaigne a négligé de citer certains
vers très connus de Dante en des passages où ils se présentent

classiques l'ignorent complètement[1], et lorsque, vers le milieu du XVIII° siècle, l'attention fut attirée sur la Divine Comédie, Voltaire parla de cette œuvre unique avec une sévérité qui paraît aujourd'hui simplement bouffonne : « Il s'y trouve bien, dit-il, une trentaine de vers qui ne dépareraient pas l'Arioste »; les allusions continuelles à des événements et à des personnages contemporains ont pu rendre ce poème « intéressant pour la Toscane[2] »; mais, en somme, conclut-il, « Dante était un fou et son ouvrage un monstre[3] ».

Nous avons fait des progrès depuis lors, et Dante est devenu à la mode. Sainte-Beuve le constatait, il y a une quarantaine d'années, non sans une pointe d'amertume mal dissimulée : « Aujourd'hui, disait-il, nous n'en sommes plus à Horace en fait de goût, nous en sommes à Dante. Il nous faut du difficile, il nous faut du compliqué[4]. » Question de mode à part, nous

spontanément à la pensée (*Dante in Frankreich*, p. 17, et *Anm.*, p. 33, 34).

1. A une vente publique, qui eut lieu à Rouen en 1652, nous savons que Corneille acquit, pour la somme de 12 livres, « un Dante italien, in-folio » (*Œuvres* de Corneille, éd. Taschereau, I, p. xxv); mais nous ne voyons pas quel profit il a tiré de cette acquisition.

2. Voltaire, *Lettres choisies*, lettre 12.

3. Lettre à Bettinelli, mars 1761. Sur le rôle joué par Voltaire dans les polémiques relatives à Dante, un chapitre substantiel a été écrit par M. E. Bouvy dans le volume intitulé : *Voltaire et l'Italie* (1898). Consulter aujourd'hui A. Farinelli, *Voltaire et Dante* (Studien zur vergl. liter. gesch., 1906).

4. *Causeries du lundi*, t. XV, p. 287 (l'article est de 1861). Antérieurement déjà, Sainte-Beuve avait exprimé la même idée

avons fini par nous apercevoir que l'auteur de la Divine Comédie n'est pas seulement un génie italien, mais aussi l'un des plus sublimes interprètes des angoisses et des aspirations de l'âme humaine. Il semble qu'une nation moderne se disqualifierait, au point de vue intellectuel, si elle ne comptait pas parmi ses membres quelques savants qui consacrent leurs labeurs et leur intelligence à pénétrer plus intimement dans la pensée de Dante et à la mieux faire comprendre.

Pourtant, il faut bien l'avouer, si grands qu'aient été les progrès des études dantesques en France, il reste encore fort à faire. Même dans cette partie du public français qui se pique de littérature, Dante est peu ou mal connu : son nom évoque le souvenir de quelques épisodes, peu nombreux, de l'Enfer ; les lecteurs les plus intrépides poussent jusqu'au Purgatoire ; bien rares sont ceux qui arrivent à la fin du Paradis. Je me hâte de dire que cette indifférence n'est pas sans excuse : plus qu'aucune autre peut-être, l'œuvre de Dante présente au traducteur des difficultés insurmontables ; traduite, elle perd toute son éloquence, toute sa poésie ; elle ne gagne qu'en obscurité. Il faudrait donc la lire dans le texte ; mais si cette lecture est parfois, même pour les Italiens les plus versés dans ce genre d'études, un sujet d'embarras et de controverses, elle suppose de la

au début d'un article du 11 décembre 1854 (*Causeries*, t. XI, p. 199).

langue italienne, et en particulier de celle de
Dante, une connaissance qui n'est pas fort commune parmi les Français. Cette question de
langue et les difficultés réelles auxquelles donne
lieu l'interprétation de la Divine Comédie occupent certainement le premier rang parmi les
causes d'ordre général qui détournent les Français de la lecture de Dante. Il y en a d'autres plus
particulières, qui ont varié suivant les époques,
et qu'il serait plus délicat et plus intéressant de
rechercher et d'étudier dans leurs rapports avec
les variations du goût.

N'ayant à m'occuper ici que de la période de la
Renaissance, cette recherche est assez simple :
c'est l'époque où la gloire de Dante subissait une
éclipse grave dans sa propre patrie. L'orientation
des esprits s'était complètement modifiée depuis
la mort du poète, qui avait, semble-t-il, emporté
dans sa tombe une partie, et la plus pure, de
l'âme du moyen âge. Tous les regards s'étaient
brusquement tournés vers un idéal nouveau,
celui de la civilisation antique, et l'on se portait
avec un enthousiasme peut-être irréfléchi vers
l'étude et l'imitation des formes plus gracieuses
et plus régulières de l'art classique. Dans l'ivresse
de cette découverte, on oublia, comme il arrive
toujours, d'être juste pour le passé : Pétrarque et
Boccace, qui avaient été les véritables initiateurs
de cette renaissance, furent exaltés; Dante, qui
n'y avait participé qu'à peine, fut dédaigné; l'idéal

politique, moral, religieux dont son poème était l'expression sublime avait cessé d'être compris.

Pouvait-il l'être mieux en France qu'en Italie? Non, sans doute; et pourtant il ne faut pas croire que la Divine Comédie n'ait laissé aucune trace dans la littérature française du xve et du xvie siècle. Plus ces traces sont fugitives et légères, plus il importe de les recueillir avec soin, avec piété : c'est dans la disette que l'on apprécie les miettes dédaignées au temps de l'abondance. Je voudrais ramasser ici quelques miettes de la gloire de Dante, en m'efforçant d'y retrouver un peu la saveur du festin splendide que le divin poète offre à ceux qui savent le comprendre et l'aimer.

I.

Quand et comment le nom et l'œuvre de Dante furent-ils révélés au public français? Bien hardi qui oserait risquer à ce sujet une hypothèse tant soit peu positive. Il est cependant permis de penser que les premiers qui vantèrent en France les beautés de la Divine Comédie furent des Italiens établis à la cour d'un prince protecteur des lettres, comme Charles V. Nous en connaissons quelques-uns, et précisément les premières mentions et les premiers essais d'imitation de Dante, que nous ayons à relever dans la poésie française, se trouvent dans les œuvres d'une Italienne, devenue Française de cœur, la célèbre Christine de

Pisan, fille du médecin et astrologue bolonais Thomas de Pisan, auquel sa réputation avait valu d'être appelé à Paris par le roi Charles V. L'accueil qu'il reçut en France le décida à y transporter ses pénates, et c'est ainsi que Christine, née à Venise en 1363, devint Parisienne à l'âge de cinq ans. Restée veuve assez jeune, avec trois enfants et sa mère, veuve comme elle, à soutenir, se trouvant aux prises avec de sérieuses difficultés d'ordre économique, elle eut l'idée de demander un gagne-pain à la littérature : elle vécut de sa plume, et, comme on l'a dit spirituellement, ce fut cette femme qui inventa la profession d'homme de lettres[1]. Douée d'une très vive intelligence et d'une facilité merveilleuse, dont elle ne se défiait d'ailleurs pas assez, elle réussit à se faire une place distinguée dans le mouvement littéraire dont Paris était le centre, aux environs de l'an 1400.

A cette époque éclata une mémorable querelle entre les partisans et les adversaires du *Roman de la Rose*. Christine de Pisan en prit occasion pour opposer nettement la Divine Comédie au célèbre poème français ; sa délicatesse avait été offensée par certains passages, injurieux pour les femmes, introduits par Jean de Meun dans la seconde partie du *Roman ;* elle ne craignit pas de s'atta-

---

1. Petit de Julleville, *Histoire de la langue et de la littérature françaises*, t. II, p. 360.

quer aux défenseurs de ce poète, deux personnages considérables à·la cour de Charles VI, Jean de Montreuil et Gonthier Col, et proclama hautement la supériorité de Dante : « Se mieulx veulx ouïr descripre paradis et enfer et plus haultement parler de theologie plus proffitablement, plus poetiquement et de plus grant efficace, lis le livre que on appelle le Dant, ou le te fais exposer pour ce que il est en langue florentine souverainement ditte. Là orras aultre propos, mieulx fondé plus soubtilement, et où plus tu pourras profiter que en ton romant de la Rose[1]. »

Dans ses poèmes, Christine de Pisan aime aussi à citer la Divine Comédie; elle en traduit à l'occasion quelques vers[2] et cherche à l'imiter dans tel de ses ouvrages, notamment dans le *Chemin de long estude* : la seule intention d'enfermer dans ce poème indigeste un enseignement moral, sous une forme allégorique, et toute une description du monde, permet d'y reconnaître l'influence de Dante. Un passage indique même fort clairement que l'allégorie en est empruntée d'une façon directe à la Divine Comédie : une

1. Ce passage d'une lettre de Christine de Pisan est cité dans Del Balzo, *Poesie di mille autori intorno a Dante*, t III, p. 220, et dans A. Farinelli, *Dante e la Francia*, t. I, p. 151.

2. Par exemple les premiers vers du chant XXVI de l'Enfer, dans un passage du livre de la *Mutacion de fortune* cité par P. Paris (*les Manuscrits français de la bibliothèque du roi*, t. V, p. 141). Voir A. Farinelli, *op. cit.*, p. 158 et suiv.

sibylle conduit l'auteur à un château qui rappelle
le *nobile castello* du limbe[1], et lui dit :

> Sache qu'il a nom long estude,
> Où il n'entre personne rude,
> N'il n'y trespasse nulz villains.

Christine croit avoir déjà vu ce château quelque
part, mais elle n'y avait pas fait grande attention ;
maintenant elle se souvient que c'est Dante qui
en parle :

> ... Dant de Flourence el recorde,
> En son livre qu'il composa
> Où il moult biau stile posa,
> Quant en la silve fu entrez
> Ou tout de paour yert oultrez,
> Lorsque Virgille s'apparu
> A lui, dont il fut secouru.
> Adont lui dist par grant estude
> Ce mot : « Vaille-moy long estude
> Qui m'a fait cerchier tes volumes,
> Par qui ensemble accointance eusmes[2]. »
> Or congnois à cette parole
> Qui ne fu nice ni frivole
> Que le vaillant poète Dant,
> Qui a long estude ot la dent,
> Estoit en ce chemin entrez
> Quand Virgille y fu rencontrez,
> Qui le mena parmi enfer
> Où plus durs liens vit que fer[3].

1. *Inf.*, IV, 107.
2. *Inf.*, I, v. 83-84.
3. *Le Chemin de long estude*, v. 1103 et suiv. et 1128 et suiv.

Ces réminiscences de la Divine Comédie ne peuvent nous surprendre sous la plume d'une Italienne, restée, en dépit de sa profonde affection pour la France, sa nouvelle patrie, très attachée au grand poète de l'Italie. Il est peut-être plus intéressant de recueillir un témoignage à peu près contemporain (1409) et qui, émanant d'un écrivain français, nous montre ce que l'on savait et ce que l'on pensait de Dante à Paris, dans un milieu où la langue italienne était profondément ignorée.

Ce témoignage est emprunté à la traduction française du traité de Boccace intitulé : *De casibus illustrium virorum*. L'auteur en est Laurent de Premierfait, écrivain médiocre, mais qui a eu la bonne fortune d'associer son nom aux deux ouvrages de Boccace qui ont joui, en France, de la vogue la plus extraordinaire au xve et au xvie siècle : le *De Casibus* et le *Décaméron*. Ce traducteur peu scrupuleux délayait et commentait l'œuvre de Boccace, y ouvrait de longues parenthèses, complètement étrangères au plan de l'ouvrage, au lieu d'en reproduire fidèlement la forme aussi bien que les idées[1].

C'est dans une de ces digressions qu'il a introduit certains renseignements curieux sur Dante. La sévère figure de l'Alighieri se rencontre, en

[1]. Postérieurement à cette étude, j'ai consacré une de mes thèses de doctorat (thèse latine) à Laurent de Premierfait, traducteur de Boccace; Paris, 1903.

effet, dans le défilé des illustres malheureux qui viennent tour à tour déposer devant Boccace, en le priant de raconter leur histoire : entre le chapitre consacré au supplice des Templiers et de leur grand maître, Jacques de Molay, et celui où il est question de la tyrannie du duc d'Athènes à Florence, Boccace voit passer devant lui une multitude d'infortunés, parmi lesquels il reconnaît Dante. Par un artifice heureux, mais qui ne donne lieu qu'à un très court épisode, c'est le farouche exilé de Florence qui désigne à son disciple, à son fervent admirateur, le personnage sur lequel doit se fixer son attention : « Regarde, dit-il en substance, celui qui marche derrière moi, et raconte tout au long l'histoire de ce Gautier qui a foulé aux pieds la liberté de notre patrie et dont la tyrannie reste comme une tache pour le nom de Florence. Si tu veux faire une œuvre qui me soit agréable, raconte son histoire et non la mienne, afin que l'on sache quels sont les hommes que tes concitoyens accueillent dans leur ville et quels sont ceux qu'ils bannissent. » Boccace voudrait interroger Dante et, sans doute, le faire parler de lui-même, mais déjà le poète a disparu[1].

Laurent de Premierfait a pensé qu'il convenait d'apprendre à ses lecteurs quelque chose de plus sur la vie et sur l'œuvre de Dante. Ce poète, dit-il,

---

1. *De Casibus*, l. IX, c. xxiv.

est venu à Paris, où il vit trois choses qui étaient
et qui sont encore. « les plus resplendissans et
notables qui soient en quelconque aultre partie
du monde, c'est assavoir le general estude de
toutes sciences divines et humaines, qui sont
figure de paradis terrestre ; secondement les nobles
eglises et aultres lieux sacrez et dediez, garniz
d'hommes et femmes servans jour et nuyct a
Dieu, qui sont figure de paradis celeste ; tierce-
ment les deux cours judiciaires qui aux hommes
distribuent la vertu de justice, c'est assavoir Par-
lement et Chastellet, qui portent figure par moitié
de paradis et d'enfer ». Dante aurait encore fait
à Paris bien d'autres découvertes qui le décidèrent
à écrire son poème ; c'est là qu'il put lire le *Roman
de la Rose*, dans lequel « Jehan Clopinel de
Meung, homme d'esprit celeste, peigny une vraye
mappemonde de toutes choses celestes et ter-
riennes ». Il résolut alors de « contrefaire au vif
le beau livre de la Rose, en ensuyvant tel ordre,
comme fist le divin poete Virgile au sixiesme livre
que l'on nomme Eneide ». Mais la sévérité avec
laquelle il s'éleva « contre les vices et les hommes
vicieux, en les nommant mesmement par leurs
noms », fut la cause de tous ses malheurs ; il « fut
dechaciez de Florence et forsbannis d'illeuc, et
mourut en estrange contree[1] ».

1. Le passage entier relatif à Dante se trouve dans Hortis,
Studi sulle opere latine del Boccaccio, p. 626 n.; mais la leçon
qui y est citée reproduit, inexactement d'ailleurs, le texte d'une

Je ne m'arrêterai pas à souligner la singularité de ces renseignements. A mon avis, tout l'intérêt des allégations de Laurent de Premierfait est dans l'origine française, disons même parisienne, qu'elles semblent avoir; car, selon toute apparence, ce ne sont pas des Italiens qui ont pu apporter en France ces étranges notions de critique dantesque!

Ainsi, dès les premières années du xv⁰ siècle, les Français avaient eu plus d'une occasion d'entendre nommer le poète de la Divine Comédie, et il y avait lieu d'espérer que leur curiosité, une fois mise en éveil, ne se contenterait pas des données incomplètes et inexactes que je viens de rappeler. La France n'était pas encore entrée résolument, comme l'Italie, dans la voie de la Renaissance; on n'y avait pas encore appris à étudier, à comprendre, à aimer l'antiquité pour elle-même avec cette passion, ou plutôt avec cette

édition relativement tardive; je me suis reporté au ms. 5193 de la bibliothèque de l'Arsenal, dont la leçon me paraît avoir une autorité toute particulière. — La mention de Dante contenue dans la traduction française du *De Casibus* est un des quelques détails qui ont échappé aux recherches, d'ailleurs si diligentes, de M. Oelsner dans l'ouvrage cité; et pourtant il semble avoir eu comme l'intuition de l'importance qu'aurait pu avoir l'œuvre de Boccace pour populariser en France le nom de Dante, lorsqu'il remarque (*Anm.* 16) que si Boccace avait entretenu en France des relations nombreuses, comme celles qu'y eut Pétrarque, l'influence de Dante y aurait été plus sensible; or, c'est précisément à la faveur du succès prodigieux avec lequel fut accueillie la traduction du traité de Boccace que se répandit en France cette première notice biographique sur Dante écrite en français.

superstition, qui rendit plus d'un humaniste italien injuste pour Dante. Au point de vue des idées, la France était toujours en plein moyen âge ; ni la théologie de la Divine Comédie, ni la forme allégorique dont le poète s'était servi pour présenter ses conceptions

sotto il velame degli versi strani,

ne pouvaient déplaire à un siècle encore imbu de scolastique et dont le *Roman de la Rose* était le poème favori. Les admirateurs de Jean de Meun auraient pu, semble-t-il, apprendre du poète florentin, auquel Christine de Pisan les renvoyait si judicieusement, l'art d'enfermer une vaste pensée, la plus vaste et la plus haute que puisse exprimer un poète, dans une œuvre savamment composée, dont toutes les parties, bien proportionnées, sont étroitement liées entre elles, où la précision du détail ne fait jamais perdre de vue l'ensemble, où les inventions les plus hardies et les plus grandioses ne laissent pas oublier un instant l'ordre rigoureusement mathématique dans lequel se déroule ce pèlerinage sublime de l'âme à travers les trois mondes de l'expiation, de la pénitence et de la béatitude.

Les poètes français auraient pu apprendre tout cela à l'école de Dante : ils n'en firent rien. Bien des choses leur manquèrent, sans doute, pour apprécier l'art consommé qui a présidé à la composition de la Divine Comédie ; ils avaient notamment perdu le goût et le sens de la grande poésie. Si le xvᵉ siècle n'avait produit les *Mystères* et donné naissance à deux poètes lyriques vraiment supérieurs, chacun dans son genre, — Charles d'Orléans et François Villon, — il ferait fort mauvaise figure dans l'histoire de la poésie française. Faut-il rendre responsables de cette stérilité les désastres qui fondirent sur la France pendant les règnes tragiques de Charles VI et de Charles VII? Je ne le pense pas. En réalité, la poésie du moyen âge avait définitivement terminé son évolution en France; elle avait épuisé toutes les sources de son inspiration: incapable de se renouveler par elle-même et de revenir sur le passé, incertaine encore de l'orientation noüvelle qu'elle devait prendre, elle se taisait, impuissante, attendant le signal d'une renaissance qui ne se produisit guère que dans le second tiers du xviᵉ siècle. A ce moment, il fallut que les Italiens vinssent à nouveau rappeler le nom de Dante aux Français[1].

---

1. Il va sans dire que l'oubli où retomba l'œuvre de Dante au xvᵉ siècle ne fut pas absolu, et il convient de citer ici la traduction en vers de l'Enfer, conservée dans un manuscrit de Turin et publiée par C. Morel, *Les plus anciennes traductions françaises de la Divine Comédie*, Paris, 1897; elle remonte certainement au milieu du xvᵉ siècle. Mais le fait qu'elle est restée inédite jusqu'à nos jours et qu'elle n'est contenue que dans un seul manuscrit prouve assez qu'il s'agit d'une tentative isolée, restée sans écho.

II.

Les circonstances qui mirent la France en contact avec l'Italie; la séduction qu'exerça sur une société encore un peu rude la civilisation beaucoup plus élégante et raffinée dont les Français eurent la révélation à Milan, à Ferrare, à Florence, à Rome; la bienveillance et l'affection avec lesquelles les rois de France accueillirent, ou plutôt attirèrent à leur cour les artistes et les lettrés italiens; l'empressement que ces derniers mirent à répondre à l'appel royal; l'influence qu'ils exercèrent sur la Renaissance française, tels sont les faits bien connus qu'il suffit de rappeler ici sans y insister. La cour de François Ier était à demi italienne : au Louvre, à Fontainebleau, à Blois, à Amboise, ce prince léger, brillant, généreux, dont les premières victoires avaient émerveillé l'Europe, aimait à s'entourer d'artistes italiens, à visiter leurs ateliers et à s'entretenir familièrement dans leur propre langue avec un Léonard de Vinci, un André del Sarto, un Rosso, un Primatice, un Benvenuto Cellini. Des humanistes, des poètes, des médecins, des juristes, pour ne parler ici ni des capitaines, ni des hommes d'église, ni des commerçants, ni surtout des simples aventuriers, passaient les Alpes et réussissaient bien souvent à s'emparer des situations les plus hautes et les plus enviées[1]. La sœur du roi, Marguerite, la célèbre reine de Navarre, n'accordait pas une protection moins généreuse ni moins éclairée aux lettrés venus d'Italie; plus fine et plus artiste que son frère, elle se servait volontiers aussi d'agents italiens et entretenait des relations personnelles avec certaines villes de la péninsule, notamment avec la république de Florence[2].

Dans cette invasion de la France par les Italiens, invasion qui rappelle par tant de côtés la conquête que le génie grec avait faite de Rome au moment même où la Grèce, en tant que nation, cessait d'exister[3], il était impossible que la littérature italienne ne devînt pas familière aux Français. La mode s'en mêla, à tel point que de bons esprits s'émurent d'un succès qui leur paraissait dangereux, poussèrent un cri d'alarme et se mirent

1. Je renvoie, sur ce point, le lecteur à l'étude si riche en renseignements précis (*Le lettere italiane alla corte di Francesco I*) publiée par F. Flamini dans ses *Studi di storia letteraria italiana e straniera;* Livorno, 1895, p. 197-335, et plus encore au patient travail d'Émile Picot, *Les Italiens en France au XVIe siècle*, publié dans le *Bulletin italien* (Bordeaux), 1901-1904, 1917-1918 (le tirage à part à 300 pages grand in-8°; il y manque un index).

2. En ce qui concerne les relations de Marguerite de Navarre avec Florence, je renvoie à la lettre de cette princesse, en italien, en date de Saint-Germain-en-Laye, le 14 mai 1528, adressée « alli nostri carissimi e grandi amici el gonfalonniere et priori della libertà e Repca della Illma Sia florna », que j'ai publiée dans le *Bulletin italien*, 1902, p 217.

3. Horace, ép. II, 1, v. 156.

en devoir de défendre la langue française menacée
par une rivale redoutable[1].

Une pareille vogue devait profiter à la Divine
Comédie. Pétrarque avait beau être le modèle
des poètes lyriques, comme Boccace était celui
des conteurs; les chefs-d'œuvre classiques et les
récentes imitations qu'en avaient tentées les Italiens dans la tragédie, la comédie, l'épopée, la
satire ou l'églogue avaient beau confisquer à leur
profit toute l'attention des lettrés, les Florentins
venus en France (et ils étaient nombreux) pouvaient-ils oublier de parler de Dante à ceux qui
s'informaient curieusement de leur langue et de
leur littérature? Auraient-ils négligé de vanter ce
poète vraiment national et toujours admiré, alors
même qu'ils n'avaient plus qu'une intelligence
incomplète de son génie? Non, sans doute, et les
faits le prouvent. C'est à Paris qu'un Florentin,
Jacopo Corbinelli, publia pour la première fois
le traité de Dante *De vulgari eloquentia* (1577); la
Divine Comédie avait été imprimée à Lyon, en
1547, et dans les poésies qu'un exilé florentin dé-
diait, en 1532, à François Ier, poésies où l'influence
dantesque est pourtant à peu près nulle, le poète,
— c'était Luigi Alamanni, — avait clairement

1. Henri Estienne, *Deux dialogues du françois italianisé*
(1578) et *De la précellence du langage françois* (1579). Voir
Émile Picot, *Pour et contre l'influence italienne en France au
XVI° siècle* (article posthume), dans *Études italiennes*, II.
(1920), p. 17.

évoqué le souvenir de Dante en ces vers que Florence est censée prononcer :

> Ben piansi io con ragion, quando s'estinse
> Quel gran lume divin, quell' alto e sacro
> Mio figlio antico, a me contrario un tempo
> Contra 'l dever, che in stil sì dotto e raro
> Cantò il cielo e l'abisso e i luoghi dove
> Si purga l'alma a gire a miglior porto[1].

On peut affirmer que, de toutes façons, l'intérêt des Français était vivement excité par ce que la Divine Comédie pouvait avoir même de simplement étrange à leurs yeux : dans le premier quart du siècle, François Bergaigne avait traduit en vers le Paradis, et Claude de France, première femme de François Ier, possédait un exemplaire de cette traduction ; le roi lui-même avait dans sa bibliothèque un texte de Dante[2] et se le faisait volontiers expliquer par quelqu'un des Italiens de son entourage. Un jour, s'il faut en croire une anecdote qui n'a rien d'invraisemblable et que rapporte un contemporain[3], « Louys Alleman »

---

1. L. Alamanni, *Opere Toscane*, I, égl. II. Voici une des rares réminiscences dantesques que l'on peut relever chez ce poète :

> « Nè si vergogni 'l nostro gran Toscano
> D'una Cianghella, un Lapo Salterello. »
> (*Op. Tosc.*, I, sat. III.)

2. Voir, à ce sujet, H. Oelsner, *op. cit.*, p. 14, et *Anm.*, 25 et 26.

3. Étienne Pasquier, *Recherches de la France*, VI, 1. Le titre du chapitre où se lit cette anecdote est : « De la fatalité qu'il y eut en la lignée de Hugues Capet au préjudice de celle de

(Luigi Alamanni) lisait à François Ier un passage
du Purgatoire qui devait avoir pour ce prince un
intérêt tout particulier, celui où Dante parle de
la dynastie des Capétiens et de ses origines.
Lorsque le lecteur arriva à ce vers que le poète a
mis dans la bouche de Hugues Capet,

> Figliuol fui d'un beccaio di Parigi[1],

le roi entra dans une grande colère et s'en prit à
Dante de ce qui lui parut une odieuse imposture.
Ce n'était au fond qu'une de ces méprises histo-
riques comme le moyen âge en a commis beau-

Charlemagne, et contre la sotte opinion de Dante, poète italien, qui estima que Capet estoit yssu d'un boucher. » Voir
A. Farinelli, *op. cit.*, t. I, p. 291 et suiv., qui croit, au contraire, l'anecdote sans fondement.

1. *Purg.*, XX, 54. Le traducteur auquel on doit la traduction
complète de la Divine Comédie en vers français, conservée
dans un manuscrit de Vienne, et remontant, selon toute apparence, au milieu du xvie siècle (publiée par C. Morel, *op. cit.*),
n'a pas osé traduire exactement le vers de Dante :

> Mon père en ce temps-là fut de Paris le Comte.

Sans entrer ici dans la discussion de ce point d'histoire, il est
bon de noter que Dante n'a pas inventé la légende qui faisait
de Hugues Capet le fils d'un boucher, car dans la chanson de
geste intitulée : *Huon Chapet*, on lit que le père du héros

> Bouchier fu li plus riche de trestout le pais.

Je ne saurais dire si c'est à la Divine Comédie que Villon a
emprunté le même renseignement (*Hue Chapel, qui fut extraict
de boucherie*), mais Dante est clairement désigné dans le passage de la Satire Ménippée, qui reproche leur basse origine
aux rois de France (ut asserit quidam poeta valde amicus
Sanctæ Sedis Apostolicæ, et ideo qui noluisset mentiri; *Sat.
Ménippée*, éd. Read, p. 107).

coup, et que l'on répétait de confiance. Peu s'en fallut, dit-on, que François Ier n'interdît dans son royaume la lecture de la Divine Comédie.

Il est donc incontestable que les Français cherchaient à connaître Dante; mais il n'est pas moins certain qu'ils ne réussissaient guère à le comprendre. Dans le courant du XVIe siècle, le nom du poète revient assez souvent sous la plume des écrivains français, mais pour eux, semble-t-il, ce n'était guère plus qu'un nom. Les Italiens leur avaient appris à l'associer à ceux de Pétrarque, de Boccace, de Sannazar, de l'Arioste, et ils le faisaient avec docilité, mais sans grande conviction. Un indice curieux du peu de goût qu'inspirait alors l'œuvre de Dante se trouve dans un court billet que la reine de Navarre adressait, en 1534, à son frère; ce billet, passablement obscur, renferme un de ces rondeaux facilement tournés, mais trop souvent prosaïques, comme cette princesse en a tant improvisés. Elle y exprime d'abord le sentiment de mélancolie avec lequel elle voit lui échapper sa jeunesse (elle avait alors quarante-deux ans), et le regret

> Du temps passé qui ne se peut ratteindre;

mais ce sentiment, si l'on ne peut le dominer, il faut savoir le tenir caché; puis elle s'écrie :

> Oh! que je vois d'erreur la teste ceindre
> A ce Dante, qui nous vient icy peindre
> Son triste enfer et vieille passion !

Elle plaisante le poète italien, qui, à quarante ans, veut encore faire semblant d'être amoureux,

> Puis par despit courre à dévocion;
>
> . . . .
>
> C'est une fin, plus qu'à ensuyvre, à craindre[1]!

Tout le piquant de ce rondeau est dans le fait qu'il a été composé par la femme qui, dans son siècle, devait le mieux comprendre et s'assimiler la pensée de Dante, lorsque, dans les dernières années de sa vie, attristée par des chagrins et des deuils de toutes sortes, elle trouva dans la lecture du divin poème une nourriture vraiment appropriée aux besoins de son cœur meurtri. Alors elle comprit toute la profondeur de la pensée de Dante, et elle s'écria, reprenant une émouvante exclamation de Françoise de Rimini :

> Douleur n'y a qu'au temps de la misère
> Se recorder de l'heureux et prospère,
> Comme aultrefois en Dante j'ai trouvé.
> Mais le sçay mieulx pour avoir esprouvé
> Félicité et infortune austère[2].

C'est la première transcription, dans notre

---

1. *Nouvelles lettres de la reine de Navarre*, publiées par Génin, 1842, p. 122-123. Le texte de ce rondeau a été publié en dernier lieu, avec grand soin, par Léon Dorez dans son étude sur *François Ier et la « Commedia »* (Dante, *Mélanges de critique et d'érudition françaises;* Paris, 1921, p. 118, avec fac-similé du manuscrit original). Il va sans dire que ce rondeau n'est qu'un badinage, non « une offense à Dante » (A. Farinelli, p. 330).

2. Voir L. Dorez, *loc. cit.*, p. 117-118.

poésie, du cri célèbre : *Nessun maggior dolore!...*
(Inf., V, 121).

La reine de Navarre avait toujours eu pour la
théologie une secrète inclination et, de tous les
aspects de la doctrine chrétienne, celui qu'elle a
le mieux compris est la doctrine de l'amour :
l'amour infini que Dieu a témoigné à sa créature
déchue, en la rachetant du péché; l'amour sauveur, grâce auquel le pécheur racheté peut s'élever jusqu'à Dieu et s'unir à lui en une indissoluble communion. Les dernières poésies de
Marguerite ne sont que le chant mystique d'une
âme qui, après avoir brisé tous les liens ter-
restres, s'élève confiante jusqu'à la contemplation
directe de Dieu. Je ne pense pas qu'il y ait eu
dans toute la littérature française un seul poète
dont l'inspiration se soit rapprochée à ce point
de celle de Dante. Examinons donc celles des
poésies de la reine de Navarre où se reconnaît
comme un écho de la Divine Comédie, et d'abord
rappelons en quelques mots dans quelles conditions elle les a composées.

Marguerite de Navarre, l'auteur de l'Heptamé-
ron, la conseillère éclairée de François Ier, dans
la protection que ce prince accordait aux savants
et aux poètes, est une des figures les plus connues,
les plus attachantes, et, en dépit de certaines ca-
lomnies qui ne l'atteignent pas, les plus pures de
la Renaissance française. Par sa naissance, par
son charme naturel, par son esprit, par le rôle

important qu'il lui fut donné de jouer durant la
captivité du roi, elle est au premier rang de la
société de son temps ; mais elle n'est pas de celles
qu'éblouissent les rêves de gloire et de puissance :
le connétable de Bourbon, Charles-Quint lui-
même avaient aspiré à sa main ; François Ier aurait peut-être voulu la marier au roi d'Angleterre
Henri VIII ; Marguerite, restée veuve du duc
d'Alençon, en 1525, préféra faire un mariage
d'amour avec un roi sans royaume, Henri d'Albret, roi de Navarre. Elle ne demanda le bonheur qu'aux affections du cœur et aux joies de
l'esprit : faire le bien, soulager les misères, con-
soler les affligés, accueillir et défendre les pros-
crits et les persécutés, d'une part ; de l'autre, travailler sans relâche à s'instruire, soit par les
études les plus arides, soit par la conversation
des hommes les plus cultivés et les plus savants,
voire même des novateurs les plus hardis, qu'elle
aimait à réunir autour d'elle, telles sont les occu-
pations favorites entre lesquelles la reine de Navarre partagea son temps, surtout lorsqu'elle
s'éloigna de Paris pour vivre en Gascogne et en
Béarn. C'est sous ce double aspect de « ministre
des pauvres », comme elle s'appelait elle-même,
et de causeuse charmante, chez qui l'enjouement
n'excluait jamais les pensées sérieuses, que l'on
aime à se la représenter dans ce coquet château
de Pau, dont elle fit sa résidence habituelle. De
là, son regard, souvent voilé de larmes, se repo-

sait sur l'admirable panorama qui se déroulait devant elle : une vallée fertile et riante, des coteaux boisés et, tout au fond, la chaîne majestueuse des Pyrénées, blanches de neige.

Cette vie si active, si utile, consacrée tout entière aux œuvres de la pensée, de la paix et de la concorde, fut assombrie à son déclin par une série d'épreuves douloureuses. Les plus sensibles furent peut-être celles qui touchaient ses convictions religieuses. Ce n'est pas ici le lieu d'aborder la question du protestantisme de Marguerite de Navarre[1], question fort délicate, puisque, assurément, elle ne donna jamais son adhésion formelle au calvinisme; du moins s'en rapprocha-t-elle beaucoup. Elle a éprouvé des sympathies très vives pour quelques-unes des idées essentielles et pour certains hommes de la Réforme, et cette vertu de tolérance, dont elle donna toujours le plus parfait exemple, elle aurait voulu la répandre et la voir pratiquée autour d'elle. Les événements vinrent

---

1. Voir l'article de M. Abel Lefranc sur les *Idées religieuses de Marguerite de Navarre d'après ses Dernières poésies*, 1898 (extrait du *Bulletin du protestantisme français*), et aussi l'intéressant compte-rendu qu'y a consacré M. Hauser dans la *Revue critique* (vol. XLVI, [1898,] p. 252). Dans un récent volume intitulé : *La prima opera di Margherita di Navarra in terza rima* (Catane, 1920), M. Carlo Pellegrini soutient que la reine de Navarre ne s'est jamais « écartée, sur les points fondamentaux, des doctrines catholiques » (p. 26), et combat les conclusions d'A. Lefranc. Il faudrait bien s'entendre sur les mots : certes, Marguerite ne fut pas « protestante », mais elle appartenait à ce parti de catholiques fidèles qui souhaitaient ardemment une réforme dans les cadres de l'Église.

lui démontrer que ce pieux désir n'était qu'une
illusion : en 1529, un gentilhomme picard, Ber-
quin, qu'à deux reprises elle avait réussi à tirer
de prison, fut brûlé vif sur la place de Grève pour
avoir embrassé la doctrine de Luther; en 1534, à
la suite de placards injurieux pour les catholiques,
les coupables présumés furent mis à la torture;
enfin, en 1545, divers villages de Provence, notamment Cabrières et Mérindol, furent détruits
et leurs habitants massacrés comme hérétiques.
Et le cœur de Marguerite saignait à chacune de
ces odieuses représailles, tolérées et même ordon-
nées par un frère qu'elle adorait. Elle-même
s'était vue dénoncée et insultée par des ennemis
fanatiques.

Elle ne souffrit pas moins dans ses affections
intimes : le mari qu'elle avait tant aimé la trahis-
sait, et cette découverte fut pour elle un déchire-
ment, dont quelques-uns de ses vers ont conservé
l'écho vraiment pathétique[1]. Le 31 mars 1547,
après une fin de règne assez sombre, mourut
François Ier, pour lequel elle avait une affection
passionnée, une de ces tendresses de grande sœur
dans lesquelles il entre parfois quelque chose de
plus que dans l'amour maternel lui-même; et,

1. Notamment dans la pièce qui commence ainsi :

« Adieu l'object qui feist premièrement »,

p. 349-356 de l'édition des *Dernières poésies de Marguerite de
Navarre*, publiée par A. Lefranc, 1895.

malgré les chagrins que ce frère chéri n'avait pas
épargnés à sa « mignonne », ce deuil fut le plus
cruel de toute sa vie. Ce n'était pas encore sa dernière épreuve : l'année suivante, elle vit sa fille,
Jeanne d'Albret, faire un mariage qu'elle désap-
prouvait hautement ; et si l'on joint à cela des
embarras d'argent et l'attitude plus que froide à
son égard de son neveu, Henri II, on comprendra
sans doute que lorsque Marguerite de Navarre
mourut, le 21 décembre 1549, la mort fut pour
elle une délivrance. Elle avait vu se dissiper un à
un ses rêves les plus chers ; elle avait été frappée
dans ses affections les plus légitimes. Toute sa vie
passée lui apparaissait comme une série d'erreurs
et d'illusions, et elle aspirait au repos. L'éternité
ne l'effrayait pas, au contraire ; elle y trouvait la
seule certitude dont elle eût besoin : l'amour infini
de Dieu. Et elle chantait, comparant sa vie à la
traversée d'un navire battu par la tempête :

> Navire loing du vray port assablée,
> Feuille agitée en l'impétueux vent ;
> Ame qui es de douleur accablée,
>   Tire toy hors de ce corps non sçavant ;
> Monte en espoir, laisse ta vieille masse,
> Sans regarder arrière, viens avant[1] !

Telles sont les dispositions d'esprit et de cœur

1. *Les Dernières poésies de Marguerite de Navarre*, p. 385.
Dans les citations que je fais de ces *Dernières poésies*, je
m'écarte parfois du texte publié par M. A. Lefranc pour adopter les corrections qu'y a faites Gaston Paris dans le *Journal
des savants*, mai 1896.

qui firent de Dante le conseiller et le consolateur
naturel de cette âme éprise de mysticisme.

III.

Les deux poèmes de la reine de Navarre où se
reconnaissent les traces les plus visibles d'une
récente lecture de la Divine Comédie n'ont été
retrouvés et publiés qu'à une époque récente.
Comment le manuscrit où ils sont contenus, qui
porte pour titre : *les Dernières œuvres de la reine
de Navarre, lesquelles n'ont encore été imprimées*,
et qui figure sous ce titre au catalogue des manuscrits français de la Bibliothèque nationale, a-t-il
échappé si longtemps à l'attention des lettrés?
C'est un mystère fort étrange : *habent sua fata
libelli*. Le destin de celui-ci était de ne révéler
qu'à la fin du XIXe siècle les pensées les plus
intimes de Marguerite de Navarre dans les dernières années de sa vie[1].

Le premier en date et le plus court des deux
poèmes qui nous intéressent ici (il compte environ 1,450 vers) a été publié sous un titre singulier
et impropre : *le Navire*. C'est celui dont j'ai cité
plus haut les premiers vers, où Marguerite se
compare à un navire ballotté par les flots ; mais,
dès le second vers, cette métaphore est abandon-

1. La découverte et la publication en sont dues à M. Abel
Lefranc.

née, et il serait plus juste d'intituler ce poème :
*la Consolation de François Ier à sa sœur Margue-
rite*[1]. Le manuscrit qui nous l'a conservé, dans
un état d'ailleurs déplorable, nous apprend que
la reine de Navarre le composa « en l'abbaye de
Tusson ». Cette abbaye, située dans l'Angou-
mois, était le lieu de retraite préféré de Marguerite; elle s'y trouvait justement lorsque mourut
François Ier. Par égard pour la tendre affection
qui l'unissait à son frère, personne n'osait lui
annoncer la fatale nouvelle. Une nuit, Marguerite, qui croyait aux pressentiments et aux songes,
comme Dante, vit son frère, pâle et abattu, qui
l'appelait d'une voix plaintive : « Ma sœur! Ma
sœur! » Très émue, elle envoya des courriers à
Paris pour s'informer de la santé du roi, mais on
ne lui donnait aucune réponse positive, ou bien
on lui affirmait que son frère se portait bien : il
était mort depuis quinze jours. Ce fut une pauvre
religieuse folle qui trahit le secret : « Hélas!
Madame, dit-elle un jour à la reine qui lui de-
mandait pourquoi elle pleurait et gémissait, c'est
votre fortune que je déplore! » Ce fut un trait de
lumière pour ce cœur inquiet, que ses pressentiments avaient préparé à apprendre la vérité. Pour
pleurer plus à l'aise, elle prolongea son séjour à
Tusson, où elle se trouvait encore quatre mois

1. C'est le titre que lui donne G. Paris dans son compte-
rendu déjà cité du *Journal des savants*.

plus tard, lorsqu'elle écrivit ce poème de la *Consolation*[1].

Pendant la nuit, le défunt roi apparaît, ou du moins se fait entendre à sa sœur ; il lui reproche de se livrer à une douleur exagérée. Pourquoi le pleurer? Il est plus heureux maintenant qu'autrefois. Elle doit au contraire louer Dieu, adorer la croix et se préparer à la mort en songeant à l'immense miséricorde du Sauveur. Marguerite résiste longtemps aux conseils de son frère : elle se complaît dans les larmes, elle invite tous les membres de la famille royale et la France entière à pleurer avec elle la mort de son roi, et celui-ci la reprend, tantôt avec douceur, tantôt avec sévérité. Mais le jour vient, et le roi disparaît en annonçant à sa sœur que bientôt elle l'aura rejoint. Cette perspective console Marguerite qui sent sa douleur se calmer aussitôt et demande à Dieu, pour unique grâce, de hâter l'heure de sa délivrance.

Tel est le sens général de ce long dialogue, un peu monotone, mais où ne manquent pas les pages éloquentes et vraiment poétiques. Pour le fond, les ressemblances avec la Divine Comédie sont extrêmement vagues ; c'est plutôt pour la forme que la reine de Navarre relève ici de Dante. Le poème est écrit en tercets[2] ; or, c'est là une

1. C'est ce qui résulte du v. 47 (p. 387) :
    « Sans nul espoir, *il y a quatre mois.* »
2. C'est Gaston Paris qui s'en est aperçu et qui a tiré de ce

forme métrique très rare dans l'ancienne poésie
française, et les quelques auteurs qui l'ont employée l'ont directement empruntée aux Italiens.
Le premier qui semble s'en être servi, ou du moins
qui se vante d'avoir « en notre langue gallicane »
composé des « vers tiercets à la façon italienne,
ou toscane ou florentine », est un poète d'origine
flamande, Jean Lemaire, qui précéda Marguerite
de Navarre d'une vingtaine d'années et auquel
Dante n'était pas inconnu[1]. En réalité, dès le
xv⁰ siècle, les tercets avaient été employés dans
la traduction de l'Enfer, conservée par un manuscrit de Turin, et c'est aussi en tercets que Bergaigne avait rendu le Paradis au début du
xvi⁰ siècle[2]. On ne saurait donc faire honneur à
Marguerite de cette innovation ; du moins fut-elle
la première en France à composer une œuvre
originale, aussi sévère et d'aussi longue haleine,
dans ce beau rythme, si grave et si savant de la
terza rima[3]. Qu'elle ait pris à Dante l'idée d'en-

fait les plus utiles indications pour reconstituer le texte du
poème, profondément troublé par des interversions de pages.
M. Lefranc avait eu beaucoup de peine à déchiffrer ce poème,
mais il s'en faut qu'il ait vaincu tous les obstacles ; même après
les corrections proposées par G. Paris, il y reste bien des
incertitudes et sans doute bien des lacunes.

1. Jean Lemaire considérait Jean de Meun comme ayant le
premier « donné estimation à notre langage, ainsi que feit le
poète Dante au langage toscan ou florentin ». Sur Jean Lemaire et Dante, voir A. Farinelli, *op. cit.*, t. I, p. 253 et suiv.

2. Au contraire, la traduction complète de la Divine Comédie,
conservée dans un manuscrit de Vienne, est en rimes plates.

3. M. Carlo Pellegrini, dans le volume cité ci-dessus, a fort

fermer sa pensée dans cette forme plus ferme et
plus solennelle que celle des petits vers accouplés
dont elle avait l'habitude, c'est ce qui ne paraît
guère douteux quand on songe que son style, trop
souvent vague et incolore, emprunte ici, dans son
allure générale, et notamment dans les images,
quelque chose de la force qui caractérise la poésie
dantesque :

> Ce que devins quant ceste voix j'ouys,
> Je ne le sçays ; car soudain de mon corps
> Furent mes sens d'estonnement fouys.
> O quelle voix ! qui par sus tous accordz
> Me fust plaisante, douce et agréable,
> Qui des vivans semblait et non des mors.
> Lors combatoit ma douleur importable
> Contre la joye et contre la doulceur
> Que m'apportoit ceste voix amyable.
> Encore dist : « O ma mignonne seur,
> Entendz la voix qui te veult destorner
> D'un périlleux estat en ung tres seur.
> Je ne te puis jamais habandonner,
> Ainsi le veult le Dieu de charité
> Qui en nos cueurs voulut amour donner.
> Laisse mensonge et ensuis vérité ;
> Quicte ton corps, et lors spirituelle
> Pourras sçavoir plus que n'as mérité. »

utilement attiré l'attention sur le *Dialogue en forme de vision
nocturne* que Marguerite composa à la fin de 1524, dont il
publie à nouveau le texte, qui est en tercets, et qui témoigne
déjà d'une connaissance certaine de la Divine Comédie. La
date est très sensiblement la même que celle de la traduction
du Paradis par F. Bergaigne ; celui-ci conserve une avance de
quelques mois.

Et tout ainsi que le désireux zèle
Faict que l'oiseau, pour ses petits reveoir,
Haulce de terre au ciel sa légère aile,
    Mon âme fit à l'heure son debvoir
D'habandonner sa terrestre mémoire
Pour s'adonner à ce divin sçavoir[1] !

Ailleurs, dans un passage moins dramatique, l'ombre du roi explique, par une série d'antithèses, concises et pleines de sens, comment sont appréciés les actes des mortels, dans ce séjour de lumière et de justice où il est monté :

Icy ne vault qui a cuydé valoir ;
Et qui là bas ne s'est rien estimé,
De Paradis et du Père est fait l'hoir ;
    Qui est hay, icy mieulx est aymé ;
Qui a pour Dieu sa chair mise en oubly,
Dedans la chair ne gist point abismé.
    L'humble vilain est icy anobly ;
L'orgueilleux roy est villain approuvé,
Le foible fort, et le fort affoibly[2].

1. *Dernières poésies*, p. 386-387. La langue de Marguerite de Navarre étant, en général, peu imagée, il y a lieu de relever quelques comparaisons employées par elle dans ce poème ; on croit y retrouver quelque chose de la force un peu rude familière à Dante, par exemple dans ce passage :

« Comme celui à qui la serche rongne
Desmange tant qu'il ne se peut guérir,
Mais à gratter par plaisir s'embesongne,
Ainsi je feiz... (p. 397) »,

qui fait penser au vers de Dante :

« E lascia pur grattar dov' è la rogna. »
                              (*Par.*, XVIII, 129.)

2. *Dernières poésies*, p. 401.

Rarement la reine de Navarre a connu l'art d'exprimer une pensée aussi nette et précise, dans un langage plus ferme et plus sobre.

En présence des quelques morceaux empreints d'une mâle poésie que cette œuvre renferme, on pense tout naturellement à l'influence que la lecture de la Divine Comédie exerça sur son inspiration[1].

L'autre poème dantesque de la reine de Navarre, intitulé *Les Prisons*, est d'un genre tout différent. Ce n'est plus par la forme, par certains détails de versification ou par l'allure générale du style qu'il peut faire penser au poème de Dante, mais bien par son sujet même, par le tableau allégorique que Marguerite y a tracé de la destinée de l'homme, esclave des erreurs qui lui cachent la pure lumière du salut, jusqu'au moment où son âme, dégagée de la terre, s'élance librement vers Dieu. L'allégorie peut s'en résumer ainsi : l'homme est un captif qui ne recouvre sa liberté complète qu'après être passé par trois prisons successives, celle de l'amour, celle des illusions mondaines, représentées par le plaisir, les honneurs et la richesse, et enfin celle de la science. Dans

---

1. Gaston Paris a, le premier, reconnu et affirmé cette influence sur le style de ce poème; il a même remarqué que celle-ci est plus sensible au début qu'à la fin; « à mesure que l'impression de la lecture récente s'éloigne, elle s'affaiblit ». Il est certain que les quelques passages bien venus de la *Consolation* sont encore noyés dans une trop grande abondance de vers traînants et sans force.

aucune d'elles le prisonnier ne souffre de sa captivité : il s'y complaît au contraire, et ne songerait jamais par lui-même à en sortir, si quelque intervention indépendante de sa volonté ne lui apportait la délivrance. Il s'aperçoit alors qu'il avait vécu jusqu'à ce moment dans un cachot sans lumière et sans air, et s'élance avec transport dans la prison suivante. Celle-ci est constituée par une enceinte plus vaste, qui enveloppe la première, comme les cercles les plus élevés du paradis enferment tous les cercles inférieurs, comme au centre de ceux-ci se trouve la terre, au centre de laquelle est l'enfer. Le personnage allégorique que Marguerite met en scène trouve donc devant lui, à chacune de ses évasions, un espace plus large pour y exercer son activité : dans la prison de l'amour, il était étroitement enfermé et réduit à une passivité complète; dans la prison du monde, où il admire pour la première fois les merveilles de la nature, le ciel, la mer, les forêts, il s'adonne à la chasse, à la pêche, il voyage, il visite les villes et les châteaux, apprend à connaître les gens de justice et les gens d'église, les courtisans et les rois. C'est une activité qui le grise et l'étourdit, mais c'est une activité stérile.

Un sage vieillard qu'il rencontre alors lui vante l'activité plus noble et plus utile de la pensée et lui ouvre un champ plus vaste, celui de la science. Mais la science est encore une prison, car la science humaine, et même la science divine telle

que la comprennent et l'enseignent les hommes,
est creuse et vaine; elle ne peut rendre compte du
seul mystère dont il importe de se bien pénétrer,
celui de l'amour divin. C'est par le don complet
de soi-même, par l'abandon absolu de tout ce qui
n'est pas Dieu, par un acte de foi et d'amour sans
réserve que l'homme peut réaliser l'incompréhensible et indissoluble union de la créature et
du Créateur, de Rien avec Tout. Là seulement
est l'affranchissement complet, définitif.

Telle est l'ascension de l'âme, graduellement
dégagée des erreurs et des préjugés de la terre,
que Marguerite de Navarre a représentée dans ses
Prisons[1]. Le poème est divisé en trois livres, correspondant aux trois emprisonnements et aux
trois délivrances successives du personnage allégorique qui en est le héros : la première fois,
c'est une infidélité de celle qu'il aimait qui lui
rend sa liberté; puis un vieillard vénérable, per-
sonnification de la science, l'arrache à la prison
du monde et l'initie à l'étude; enfin, la prison de
la science fait place à la liberté définitive, le jour
où le héros lit et comprend cette parole de l'Écriture : « Je suys qui suys. » Il se trouve désormais

---

1. Le poème avait été déjà signalé par Leroux de Lincy et
par les auteurs de la *France protestante*, mais sans qu'ils
l'eussent reconnu pour l'œuvre de Marguerite de Navarre. Il
y a, en effet, plus d'une difficulté à le lui attribuer (voir l'article de Gaston Paris, *Journal des savants*, juin 1896), mais après
la découverte de M. Lefranc cette attribution paraît pleinement justifiée (*Dernières poésies*, Introd., p. XLVI-LI).

en présence de Dieu lui-même et le voit face à face[1].

Bien que cette allégorie ne soit pas directement imitée de la Divine Comédie, il est évident qu'elle en procède. Marguerite n'a pas su disposer et agencer matériellement le monde imaginaire qu'elle représente avec cette étonnante rigueur de déduction, avec cette apparence géométrique dans le plan et ce merveilleux réalisme dans les détails qui donnent aux conceptions les plus abstraites de Dante une précision et un relief inimitables[2]. Les Prisons doivent peu à la Divine

1. Le héros de cette allégorie est un homme, qui s'adresse à plusieurs reprises dans le cours du poème à la femme qui l'a jadis retenu prisonnier, à l' « amye tant aymée ». Ce détail a surpris ceux qui ont surtout voulu voir dans les *Prisons* une sorte d'autobiographie et de confession, à laquelle Marguerite aurait confié ses plus intimes pensées, son testament littéraire et philosophique (tel est l'avis de M. Lefranc, *Dernières poésies*, p. XLVI et LVII-LVIII, note). C'est là une interprétation qui me paraît erronée. Que la sœur de François Ier ait mis dans ce poème beaucoup d'elle-même, surtout au point de vue religieux, on n'en peut douter; que dans une foule de passages elle ait fait des allusions positives à des faits réels se rapportant à sa propre vie ou à celle de ceux qu'elle a le plus aimés, c'est l'évidence même. Mais n'oublions pas que ce poème est avant tout allégorique et qu'il serait impossible d'appliquer rigoureusement tous les détails de cette allégorie à la reine de Navarre. Le héros du poème ne représente pas tel ou tel homme ou femme déterminés; il est le symbole de la destinée humaine selon la conception que s'en faisait Marguerite.

2. On peut cependant signaler, dans les *Prisons*, quelques descriptions allégoriques ingénieuses, par exemple celle de la prison de la science (l. III, *Dernières poésies*, p. 186 et suiv.); c'est le prisonnier qui l'élève lui-même : il construit des piliers au moyen de volumes entassés; il y a le pilier de la philoso-

Comédie sous le rapport de l'art; elles lui doivent
beaucoup sous le rapport de la pensée. Encore
est-il nécessaire de noter que la pensée de la reine
de Navarre est avant tout personnelle : cette
femme, qui avait tant lu et tant médité sur ses
lectures, qui avait fait ses délices du *Roman de la
Rose*, aussi bien que de la Divine Comédie, des
poètes et des philosophes comme des théologiens,
n'avait asservi sa pensée à aucun des auteurs dont
elle s'était nourrie. Elle n'était pas de ces écrivains qui composent dans leur bibliothèque et au
milieu de vingt livres ouverts, où ils vont glanant
des images et des idées. Elle écrivait à la hâte, et
lorsque, dans l'abondance des pensées qui se
pressent sous sa plume, on reconnaît au vol
quelque réminiscence, celle-ci n'apparaît que
transformée par l'esprit du poète et adaptée au
tour particulier de son imagination.

Dans le poème des Prisons, il était naturel que
les réminiscences de Dante tinssent le premier
rang. A défaut d'imitations positives, au sens
propre du mot, voici quelques analogies signifi-

phie, celui de la poésie, du droit, des mathématiques, des
sciences naturelles, de l'histoire, de la rhétorique, de la théologie; la Bible est placée au faîte de ce dernier. Ces piliers
« environnent la tour » où s'enferme le poète et dont l'enceinte
extérieure est formée par des livres élémentaires, tels que des
grammaires, et aussi par des ouvrages attrayants; enfin la
construction ne laisse entrer le jour par aucune fenêtre. —
Mais à côté de traits précis comme ceux-là, il y a bien du
vague et bien des contradictions dans la topographie des
Prisons.

catives. L'homme, enfermé dans la prison du monde et de son activité stérile, est victime de « trois tyrans, trois seigneurs, trois exacteurs »; il est enchaîné par « trois liens », qui symbolisent les péchés de luxure, d'avarice et d'orgueil[1]. Or, ces trois péchés sont précisément ceux qui, au début de l'Enfer, s'opposent, sous la forme de trois bêtes féroces, à l'ascension de la charmante colline dont le poète voudrait gravir le sommet. Ce n'est pas là une rencontre fortuite; Marguerite a pris soin de rappeler cet épisode et d'en traduire quelques vers :

> Soyez, Amye, ung petit souvenante
> Qu'en vous comptant de Beatrix et Dante
> Je n'oubliay vous dire que trois bestes
> Mettoit au lieu des tyrantz deshonnestes,
> C'est assavoir lonze, lyonne et louve.
> Lisez ses chantz, où tant de bien on trouve,
> Et vous verrez que ces troys bestes sont
> L'empeschement d'aller à ce beau mont,
> Dont avoit veu l'espaulle verte et nette,
> Vestue jà du ray de la planette
> Qui mène droit par le royal chemin
> L'homme fidelle et saige pèlerin[2].

Ailleurs, le vieillard qui exhorte le héros à sortir de la prison du monde et déclare se nommer

---

1. Il ne me paraît pas tout à fait juste de dire, avec M. Lefranc, que la seconde prison est celle de l'ambition; car l'ambition n'est qu'un de ces trois tyrans sur lesquels l'auteur insiste si longuement et ne peut, en aucun cas, comprendre l'amour du plaisir et la passion des richesses.

2. *Prisons*, l. II, p. 181-182; cf. *Inf.*, I, 16-18.

« de Science amateur[1] » a quelque ressemblance
au physique avec le Caton de Dante, qui veille à
l'entrée du Purgatoire :

> ung vieillart
> Blanc et chenu, mais dispos et gaillart
> De très joyeuse et agréable face,
> D'audacieuse et grave et doulce grâce,
> D'un marcher lent; ainsi le viz venir
> Tout droit à moy, dont ne me puz tenir
> De m'incliner et faire révérence
> A l'ancien, qui donnoit espérance
> (Le regardant seulement à sa myne)
> De recevoir de lui quelque doctrine[2].

Quant au rôle que joue ce vieillard dans l'allégorie des Prisons, c'est exactement celui de Virgile dans la Divine Comédie[3] : comme Virgile,
il personnifie la science humaine qui prépare
l'homme à recevoir la révélation divine, mais qui
ne peut tenir lieu de cette révélation; il invite le
prisonnier des illusions mondaines à lire les philosophes, les historiens, à prendre une connaissance générale de toutes les sciences pour aborder
ensuite l'Ecriture sainte; celle-ci constitue le plus
haut degré auquel puisse s'élever l'intelligence
humaine, ou, pour mieux dire, l'intelligence
seule n'y suffit plus :

> Là il vous fault oeil et corps arrester,
> Et vostre cueur ouvrir et apprester

1. *Prisons*, l. II, p. 178.
2. *Ibid.*, p. 162; cf. *Purg.*, I, 31-36.
3. M. Lefranc l'a justement remarqué (*Dernières poésies*,
p. LVI).

> Pour recevoir ceste doctrine saincte,
> Où les vertus pourrez trouver sans faincte,
> Par qui seront rompuz vos vicieux
> Lyens, que tant trouvez délicieux[1].

Dans la dernière partie de son voyage mystique, Dante a pour guide Béatrice. Le héros des *Prisons* n'a plus besoin d'aucune direction ; il a la révélation directe et immédiate de Dieu. Marguerite de Navarre semble pourtant s'être souvenue un instant de cette exquise figure de femme aimée par le poète adolescent, et qui devient pour lui, dans son âge mûr, la compagne idéale qui le conduit au salut, à travers les erreurs et les tristesses de la vie. Une pareille création devait plaire plus que toute autre à la femme qui pensait que l'amour est d'essence divine, et que, dans une beauté imparfaite et périssable, c'est un reflet de Dieu que cherchent les amants. N'est-ce pas Marguerite qui a écrit : « Jamais homme n'aymera parfaictement Dieu, qu'il n'ayt parfaitement aymé quelque créature en ce monde ? » Comme Béatrice quitte son séjour bienheureux pour secourir le poète égaré, de même l'amant, délivré de la prison de l'amour et de celle du monde, s'adresse à son « amye tant aymée » pour l'exhorter à le suivre :

> ..... ne soyez esbahye
> Si vostre amy, qui tant vous a suyvye,
> Auquel avez faict ung si mauvais tour,
> Avant mourir fait devers vous retour.
>
> . . . .

1. *Prisons*, l. II, p. 177.

> Vostre salut'et vostre bien pourchasse,
> Comme autrefoys fist votre bonne grace.
> Rien plus ne veult que vous veoir saige et bonne,
> Vous asseurant qu'il n'y eut onq personne
> Qui sceust aymer si fort amye ou dame
> Qu'aymer vous veult l'amy vray de vostre ame[1].

Le troisième chant des Prisons, le plus mystique et surtout le plus long des trois (il compte 4,000 vers, et l'ensemble du poème n'en a pas 6,000), est aussi celui où l'influence de Dante se fait le moins sentir : c'est le plus faible au point de vue de la composition poétique. L'historien y rencontre des pages intéressantes et instructives[2]; le critique ne peut qu'y relever une fâcheuse absence d'unité et de cohésion, un manque absolu de précision dans les développements et dans le style. Le poème des Prisons se termine par une longue méditation sur la mort, sans aucun rapport avec l'allégorie qui en a rempli les deux premiers chants et les cinq cents premiers vers du troisième.

---

1. *Prisons*, fin du 1. II, p. 182-183.

2. En dehors des précieux renseignements que l'on peut en tirer pour mieux apprécier les idées religieuses de la reine de Navarre à la fin de sa vie, celle-ci a mêlé à son interminable dissertation un épisode de 700 vers environ, où elle a retracé la mort édifiante de quatre personnages qui lui tenaient de fort près : de Marguerite de Lorraine, mère de son premier mari; de ce mari lui-même, Charles d'Alençon; de Louise de Savoie, sa mère, et enfin de François Ier (*Prisons*, l. III, p. 260-285).

***

Comme en écrivant l'Heptaméron la reine de Navarre s'était inspirée des contes de Boccace, sans pourtant les copier et sans rien sacrifier de son originalité, en conservant au contraire le tour d'esprit qui lui était propre[1], de même, en composant les Prisons, sa mémoire avait été hantée par le souvenir de la Divine Comédie, mais jamais elle n'avait prétendu refaire l'immortel poème : sa pensée s'était élancée librement vers le même idéal de foi et d'amour ; un instant son vol s'est croisé avec celui de Dante ; elle a salué son maître au passage, mais n'a pas essayé de se mesurer avec lui. C'est là une de ces rencontres qu'il n'est donné de faire qu'aux esprits supérieurs.

Les autres poètes du xvie siècle ne renouvelèrent pas l'expérience ; ils prirent leur vol dans une autre direction. Les modèles à l'étude desquels ils se livrèrent de plus en plus étaient, suivant le conseil de Du Bellay, les chefs-d'œuvre des Grecs et des Latins[2] : le moyen âge et, avec lui, la

---

1. Les ressemblances frappantes qui existent entre les Contes de la reine de Navarre et le *Décaméron* ont été résumées avec force par M. P. Toldo (*Contributo allo studio della novella francese...*, p. 5o et suiv.) ; mais aucune de ces ressemblances n'est, à proprement parler, une imitation. Sur l'originalité de l'Heptaméron, je ne puis que renvoyer à l'article que Gaston Paris a consacré au livre de M. Toldo, *Journal des savants*, juin 1895.

2. La *Défense et illustration de la langue françoise* parut en

Divine Comédie tombèrent dans un oubli profond[1].

Tels sont, rapidement esquissés, les faits qui
permettent d'apprécier la place occupée par Dante
dans la poésie française de la Renaissance. Cette
place est modeste sans doute, indigne même du
grand poète que l'Italie a donné à l'humanité.
N'importe ; il n'est pas inutile de s'y arrêter, ne
fût-ce que pour prouver que la France a emprunté
à la littérature italienne autre chose que les joyeu-
setés du *Décaméron* et que les mièvreries du pé-
trarquisme.

Grenoble, 1898.

1549, justement l'année où mourait Marguerite : une nouvelle
ère commençait.

1. Signalons pourtant la traduction en vers de la Divine
Comédie, par B. Grangier, publiée en 1596 et dédiée à Henri IV.

DANTE ET LA FRANCE[1]

Quelqu'un a-t-il jamais cru sérieusement que
l'art et la pensée de Dante aient exercé une
influence appréciable sur la littérature française
avant le xix⁰ siècle? Depuis quelques années, plusieurs érudits ont fait converger leurs efforts sur
ce problème, et toujours le résultat en a été néga-
tif. Mais il faut croire qu'il y a, en critique historique comme au théâtre, de faux bons sujets,
dont l'attrait est irrésistible et décevant : un savant
belge, M. Albert Counson, publiait naguère un
vaste tableau des imitations, réminiscences, citations et traductions de Dante dans la littérature
française, de l'aurore du xv⁰ siècle à celle du xx⁰[2];
voici maintenant que M. A. Farinelli nous apporte

1. Cette étude a été composée peu après la publication du
grand ouvrage d'Arturo Farinelli, *Dante e la Francia dall'
Età Media al secolo di Voltaire;* Milan, 2 vol. in-16, 1908.
Elle reparaît ici avec de profondes modifications en plusieurs
parties.

2. A. Counson, *Dante en France ;* Erlangen-Paris, 1905,
in-8⁰. Pour être juste, il faut dire que l'honneur d'avoir le premier abordé le sujet dans son ensemble revient à Hermann
Oelsner, *Dante in Frankreich bis zum Ende des XVIII Jahr-
hunderts;* Berlin, 1898, in-8⁰. C'est un répertoire incomplet
sans doute, mais utile.

en deux volumes, fruits d'un labeur admirable et d'une patience qui confond, la preuve lumineuse, aveuglante, que notre littérature classique, — il s'arrête aux premières lueurs du romantisme, — ne doit rien à Dante. Et cela forme un livre extrêmement curieux, très vivant, plein de passion, de poésie et d'éloquence, une « œuvre d'art », comme l'auteur a soin d'en avertir dès les premières lignes, en dépit de l'énorme appareil historique et bibliographique qui lui sert d'armature; livre un peu irritant aussi, car il est pénible de constater qu'une enquête aussi approfondie, minutieuse et pénétrante, sur quatre siècles de notre littérature, — et non les moindres! — ne vise qu'à démontrer l'incapacité des Français à comprendre Dante[1]. Voilà une façon inattendue de remplir le très noble programme que M. Farinelli s'est tracé (c'est lui qui le raconte), lorsqu'il a vu dans l'étude des littératures comparées un moyen de rapprocher les peuples et d'abattre les murailles de Chine qui séparent les nations. A la bonne heure! On doit de la reconnaissance à l'homme qui nous sait assez peu chatouilleux pour ne pas nous formaliser de voir étaler avec insistance les lacunes de notre génie national : toute vérité, en effet, est bonne à entendre et à méditer.

1. Dans un article récent, *A propos de « Dante et la France »* (*Nouvelle Revue d'Italie*, numéro consacré à Dante, sept.-oct. 1921), A. Farinelli se défend d'avoir eu, positivement, cette intention. Il était à peine nécessaire de le dire!

. D'ailleurs, la portée réelle de l'œuvre dépasse de beaucoup les promesses du titre : c'est l'histoire entière de l'influence italienne en France, du xve au xviiie siècle, que M. Farinelli aborde, qu'il esquisse à larges traits et documente abondamment, en une série de perspectives profondes qui s'ouvrent de chaque côté du sentier aride, où ce guide infatigable s'étonne et s'afflige à tout moment de ne pas relever plus de traces du grand Florentin; et c'est ce qui rend le voyage si instructif, malgré l'inanité du but et l'incommodité de la route.

Je ne voudrais ni refaire ici la démonstration superflue du faible goût de nos classiques pour Dante, ni rechercher les raisons, assez claires en somme, de leur indifférence; mais plutôt reprendre les questions que M. Farinelli a discutées en une longue introduction, qui est une des parties les plus suggestives de son livre : il y résout à sa façon les problèmes relatifs aux obligations de Dante envers les littératures de Provence et de France, et à l'attitude hostile que le poëte avait adoptée à l'égard de notre pays. Nous trouvons là, réunies et commentées en cent trente et quelques pages, toutes les pièces nécessaires pour instruire le procès du misogallisme de Dante; l'occasion est bonne pour essayer de nous faire, par nous-mêmes, une opinion sur ce problème d'histoire et de psychologie littéraire.

I.

Il ne fût pas venu à l'idée du poète que l'on dût jamais rattacher à la France cette région provençale, dont il a décrit magistralement la situation géographique, au bord de la grande mer intérieure, entre les embouchures de l'Èbre et de la Magra, en face de la côte africaine (Par., IX); Dante l'a toujours rappelée avec la plus vive sympathie, car c'était la terre d'élection de l'amour chevaleresque et de la poésie courtoise. La Provence avait une physionomie trop caractérisée pour qu'on pût la confondre avec les pays soumis à la « gent françoise », si glorieuse et si vaine que seuls les Siennois étaient plus fous (Enfer, XXIX, 123). Ce n'en est pas moins sur le sol de l'ancienne Gaule, à la faveur d'une société féodale très différente de celle que connut l'Italie centrale, que naquit et se développa l'art subtil des troubadours; nous devons donc revendiquer, comme une portion de notre patrimoine historique, cette civilisation brillante à l'influence de laquelle Dante n'a pas échappé.

Il avait beaucoup lu, beaucoup étudié, beaucoup aimé la poésie provençale; dans les recueils qu'il en eut sous les yeux, il avait longuement scruté le style harmonieux, les rythmes savants d'un Giraut de Borneil et surtout d'un Arnaut Daniel qu'il plaçait au-dessus de tous ses rivaux.

Deux autres troubadours occupent dans la Divine Comédie une place éminente : Folquet de Marseille, le poète amoureux qui, converti, devint évêque de Toulouse, et fut en cette qualité le fléau des Albigeois, se montre dans le ciel de Vénus (Par., IX); au plus profond de l'enfer (XXVIII), Bertran de Born fait une apparition saisissante, avec sa tête coupée qu'il tient à la main, en guise de lanterne pour diriger ses pas. Je ne rappelle ici que pour mémoire le superbe Sordel (Purg., VI-VII), mantouan de naissance, mais dont l'œuvre est toute provençale. La familiarité de Dante avec cette littérature et son goût pour la langue d'oc se révèle dans les huit vers provençaux que, par une exception unique, il a mis dans la bouche d'Arnaut Daniel (Purg., XXVI, fin), dans les emprunts qu'il a faits à la métrique compliquée de ce poète et dans bon nombre de réminiscences que la critique moderne a relevées avec une patience exemplaire. Il est même fort probable que l'idée de présenter un choix de ses poésies juvéniles au milieu d'un récit en prose, qui leur sert de cadre et de commentaire, — on a reconnu la *Vita Nuova*, — a été inspirée à Dante par les explications (*razos* disaient les Provençaux, et le Florentin a traduit *ragioni*) dont les anciens biographes des troubadours avaient accompagné leurs poésies.

Toute idée d'imitation servile étant écartée, on peut reconnaître sans aucune gêne que les facultés créatrices de Dante se sont d'abord éveillées au contact de cet art aimable et brillant; plus tard seulement, il s'est mis à l'école plus sévère des anciens. Mais il faut s'empresser d'ajouter que Dante n'a pas eu de la poésie provençale une connaissance supérieure à celle qu'en eurent ses contemporains et ses devanciers immédiats : il ne fut ni un initiateur ni un chercheur de textes peu connus; pour lui, le plus ancien troubadour est Pierre d'Auvergne, c'est-à-dire qu'il ignore le comte de Poitiers, Cercamon, Marcabrun et Jaufré Rudel; il accepte la légende qui rend Bertran de Born responsable de la lutte impie où s'engagea le « Jeune roi » contre son père, le roi d'Angleterre Henri II, et il lui fait durement expier ce crime imaginaire[1]. N'exigeons pas de Dante qu'il ait redressé les préjugés et les erreurs de son temps, ni même conquis des notions proprement nouvelles : il lui a suffi d'interpréter, avec son admirable génie, les idées qu'il reçut du milieu où il grandit, de les animer de sa pensée organisatrice, de les réchauffer de sa passion.

On fait donc fausse route, bien probablement, lorsqu'on s'efforce d'établir un rapport direct entre la poésie provençale et cette école lyrique

---

1. Le point de vue que j'indique ici très sommairement est approfondi avec une compétence toute particulière par M. Alfred Jeanroy, *Dante et les troubadours,* dans le volume *Dante. Mélanges de critique et d'érudition françaises...* Paris, 1921. Voir aussi le récent volume de S. Santangelo, *Dante e i trovadori provenzali;* Catane, 1921.

du « Dolce stil nuovo » que Dante a illustrée et
baptisée. La divinisation de la femme aimée,
l'identification de l'amour et de la noblesse du
cœur, l'interprétation symbolique de la puissance
de l'amour, caractères du lyrisme florentin vers
1290, se rattachent à une longue série de traditions poétiques, chevaleresques, philosophiques
et religieuses dont l'analyse a été faite, en ces
dernières années, à grand renfort de rapprochements où les troubadours ont leur belle part. On
a fini par se demander si ce « doux style nouveau » n'était pas beaucoup moins neuf que Dante
ne s'est plu à le dire; ne déclare-t-il pas lui-même
que le bolonais Guido Guinizelli était « un
père » pour les Florentins de la jeune école
(Purg., XXVI, 97-99), et Guinizelli à son tour ne
s'incline-t-il pas devant Arnaut Daniel, comme
devant un maître plus expert que lui dans l'art de
composer des vers dans sa langue maternelle?
Ainsi en est-on venu à penser que le « doux style
nouveau » dérivait en droite ligne des troubadours.

Mais, à remonter ainsi du phénomène à ses
antécédents, on finit par perdre de vue le texte où
Dante aborde la question; il faut le relire. Le
poète s'entretient, au chant XXIV du Purgatoire,
avec le lucquois Bonagiunta Orbicciani, rimeur
médiocre de l'ancienne école, disciple du vieux
poète Giacomo da Lentino, « le Notaire », et du
pédant Guittone d'Arezzo. Et Bonagiunta s'exprime ainsi :

« Dis-moi si j'ai devant moi celui qui a inauguré la nouvelle poésie par la canzone *Dames qui comprenez ce que c'est que l'Amour?* » — Je lui répondis : « Je suis un homme qui, lorsque l'Amour l'inspire, exprime ce que celui-ci dicte à son cœur. » — « Frère, reprit-il, je vois à présent le nœud qui nous a retenus, le Notaire, Guittone et moi, en deçà de ce doux style nouveau que j'entends... »

La canzone *Dames qui comprenez ce que c'est que l'Amour* marque en effet une orientation nouvelle de la poésie dantesque. Elle est de 1289 environ; c'est assez dire qu'elle inaugurait tout autre chose que le style de Guinizelli ou même de Guido Cavalcanti, l'ami de Dante, mais son aîné de six ans au moins. La nouveauté dont le poète se vante ici ne peut se rapporter qu'à ses propres œuvres, à une évolution de sa manière. Pour étendre à Cavalcanti et à Guinizelli le nouveau style, il faut faire subir au texte une entorse un peu forte en admettant que les « nuove rime », inaugurées en 1289, sont une chose, et que le « dolce stil nuovo », mentionné sept vers plus bas, en est une autre[1]. En réalité, la déclaration

1. Voir F. Flamini, *Varia; Pagine di critica e d'arte* (Livourne, 1905), p. 10-11. Il est vrai qu'aux vers 58-60 Bonagiunta continue en disant : « Je vois bien comment vos plumes suivent fidèlement la dictée de l'Amour; ce que n'ont pas fait les nôtres », paroles où le pluriel « vos plumes » désigne clairement un groupe de poètes; mais il s'agit, bien entendu, de ceux qui adoptèrent, après 1289, la nouvelle manière inaugurée par Dante, parmi ceux-ci peut-être Cavalcanti lui-même, et en tout cas Lapo Gianni, Dino Frescobaldi et Cino da Pistoia.

de Dante est inspirée par une conscience très nette
de l'originalité de son innovation; mais, dans la
forme, elle est empreinte d'une certaine modestie : « C'est bien simple, dit-il en substance :
cette exaltation sereine de la beauté[1], cette
expression qui se modèle si exactement sur la
pensée, je les dois à l'observation attentive de
tous les mouvements que l'Amour inspire à mon
cœur », — et l'on peut ici donner au mot Amour,
outre son sens propre, toutes les significations
que l'allégorie philosophique ou théologique y
ajoutait dans la pensée de Dante.

Il s'agit donc d'une poésie nettement indivi-
duelle, comme toute vraie poésie. Que d'autres
se soient, avant lui, réclamés de principes analogues, en Italie ou en Provence, Dante ne s'en
préoccupe pas à cette place; quelle école d'ailleurs ne s'est pas piquée d'introduire dans l'art
une plus grande somme de vérité? Pour faire
cette profession de foi et tracer ce programme, le
Florentin n'avait besoin de copier personne. Mais
il était trop équitable pour oublier les maîtres
dont il avait médité les leçons, le bolonais Guinizelli, le périgourdin Arnaut Daniel, représen-
tants symboliques, sur la septième terrasse du
Purgatoire, de toute cette poésie amoureuse, provençale et italienne, qui prépara de loin l'éclosion
du « doux style nouveau » réalisé par Dante.

1. V. Rossi, *Il Dolce stil nuovo*, dans le volume *le Opere
minori di Dante;* Florence, 1908.

II.

Envers la littérature française proprement dite, les obligations de Dante ne sont pas considérables. Il dut en comprendre la langue, lui qui la déclarait plus délectable et plus répandue qu'aucune autre; mais il s'agit là d'un jugement tout fait, exprimé au xiiie siècle par plusieurs Italiens qui avaient sur Dante l'avantage de le dire en français et non en latin[1]. Pour le Florentin, le français était la langue de la prose par excellence, celle des romans et des ouvrages didactiques[2], et ceci doit faire hésiter à admettre à la légère qu'il connut à fond toute notre poésie lyrique et épique. Aucun des rapprochements tentés entre le « doux style nouveau » et nos trouvères n'est probant; et pour l'épopée, le jeu qui consiste à reconstituer les lectures françaises de Dante d'après les allusions qu'il fait à Charlemagne, Roland, Ganelon, Guillaume d'Orange et Rainouart, est assez dangereux : qui peut dire sous quelle forme, et à travers combien d'intermédiaires, les aventures de ces héros, de bonne heure popularisés en Italie, sont venues à la con-

1. Paul Meyer, *De l'expansion de la langue française en Italie pendant le moyen âge* (t. IV des *Atti del Congresso di scienze Storiche*; Rome, 1903).
2. *De Vulgari Eloquentia*, t. I, p. 10. Plusieurs critiques, M. P. Rajna notamment, admettent que dans cette définition Dante a pu comprendre certains romans et livres didactiques, même en vers.

naissance de Dante? Si passionné qu'il fût pour la lecture, eut-il bien le temps et la patience de dévorer, dans le texte, toute l'épopée carolingienne, avec les principales « gestes » relatives à Guillaume et à Rainouart? L'hypothèse ne serait admissible que si l'on en démontrait l'absolue nécessité[1].

Un de nos romans au moins a laissé dans l'imagination de Dante un souvenir assez précis ; c'est le roman de *Lancelot*. On sait comment Françoise de Rimini tomba pâmée entre les bras de Paolo : ils lisaient ensemble la scène où Galéhaut, venant au secours de son ami, le trop timide Lancelot, obtient de la reine Guenièvre qu'elle accorde un baiser à l'incomparable chevalier qui l'aime plus que sa propre vie. Alors la reine « le prend par le menton et baise, voyant Galéhaut, assez longuement. » Arrivés à ce point, Francesca et Paolo sont vaincus à leur tour : le livre est leur Galéhaut, le conseiller et le témoin de leur faute. On a remarqué cependant, dans le récit de Dante, une variante notable : c'est Lancelot qui aurait donné un baiser à la reine, et on voit tout ce que la scène gagne alors en passion spontanée. Mais il se peut que Dante ait eu sous

1. Sur ce point, comme sur tout ce qui suit, je renvoie à la belle conférence de Fr. Novati imprimée·dans le volume collectif : *Arte, scienza e fede ai tempi di Dante ;* Milan, 1901, particulièrement aux pages 273 et suivantes. Voir, en outre, P. Rajna, *Dante e i Romanzi della Tavola Rotonda,* dans la *Nuova Antologia* du 1er juin 1920.

les yeux un texte où il était dit « qu'il la baisa »
et non « qu'elle le baisa » ; il se peut aussi que le
poète ait éprouvé le besoin de modifier ce détail
pour des raisons artistiques assez claires et non
par étourderie[1].

La même scène est rappelée, de façon inattendue et piquante, en un curieux passage du Paradis ; à un moment où Dante cède à un sentiment
de fierté, en apprenant quelle est la noblesse de
ses ancêtres, et commence à employer le pluriel
« vous » pour s'adresser à son trisaïeul Caccia-
guida, au lieu de « tu ». Béatrice le regarde en
souriant pour l'avertir que ce mouvement d'orgueil ne lui échappe pas, « semblable à cette
dame qui toussa lorsque Guenièvre commit la
première faute dont parle son histoire » (Par.,
XVI, 13-15). Sur quoi les commentaires racontent
que la dame de Malohaut, qui assistait de loin à
l'entretien de la reine et de Lancelot, toussa pour
avertir de sa présence, quand Guenièvre embrassa
son chevalier ; mais c'est là une erreur : cette toux
précède l'épisode du baiser. La reine demande à
Lancelot depuis quand il l'aime et comment lui
est venu cet amour :

« A ces paroles que la reine lui disoit, advint
que la dame de Malohaut s'estoussit tout a escient

----

1. Outre l'article cité ci-dessus de P. Rajna, on consultera
avec curiosité, sur ce petit problème, la savante dissertation
de V. Crescini, *Il bacio di Ginevra*, dans les *Studî danteschi*,
diretti da M. Barbi, t. III, 1921.

et dressa la teste qu'elle avoit embronchĕe; et le chevalier l'entendit maintenant[1], car mainte fois l'avoit ouïe, et il l'esgarde; et quand il la vit, il eut telle paour et telle angoisse qu'il ne put mot respondre à ce que la reine lui demandoit..., et quant il plus esgardoit la dame de Malohaut, et son cueur estoit plus a malaise... »

Lorsque, par sa toux, la dame de Malohaut attire l'attention de Lancelot, par qui elle avait évité jusqu'alors de se laisser reconnaître, elle lui fait comprendre que le secret de son amour, qu'il avait si jalousement essayé de cacher, n'est plus un secret pour elle. L'application de ce souvenir à Béatrice est ingénieuse et juste : elle aussi se tient un peu à l'écart, mais elle veut rappeler à Dante qu'elle est là et qu'elle a saisi le mouvement de vanité mondaine auquel il n'a pas su résister[2]. D'autre part, Dante rappelle ailleurs fort exactement un détail emprunté à la *Mort d'Arthur* : lorsque Mordrec fut châtié de la main même du roi, l'épée de celui-ci avait à la fois percé « le corps et l'ombre » du traître (Enfer, XXXII, v. 61-62), car, dit l'histoire, « après l'estors du glaive[3], passa parmi la plaie un rai de soleil si apertement que Girflet le vit ».

Ces souvenirs, que Dante a tirés des romans

1. « Aussitôt ».
2. Cette explication de M. Pio Rajna paraît tout à fait définitive.
3. « Quand le glaive fut retiré. »

français, sont donc très précis; ils peuvent paraître un peu fragmentaires et capricieux : pourquoi le poète n'a-t-il pas parlé de tant d'autres choses? Parce que, en ces matières, Dante n'a aucunement cherché à faire étalage de ses connaissances, à les passer en revue, à les dénombrer : il lui a suffi de se reporter à quelques détails qui s'appliquaient exactement aux images que son récit l'amenait à évoquer.

Mais voici une plus grave question. Peut-on raisonnablement attribuer à Dante, comme on l'a fait, un résumé, en 232 sonnets, du *Roman de la Rose*, résumé connu sous le titre de *Il Fiore?* C'est là, sans doute, une œuvre purement profane; le thème initial est une allégorie galante qui, après de longues invectives contre l'hypocrisie des moines, s'achève par quelques équivoques lubriques. Œuvre d'un Toscan, ou plutôt d'un Florentin, composée, selon toute vraisemblance, au cours des dix dernières années du xIII[e] siècle, la *Fleur* contient deux fois le nom d'un « Durante » qui semble bien en être l'auteur. Or, si le poète de la *Vita Nuova* et de la Divine Comédie, pour tous ses contemporains, s'appela Dante et non Durante, il n'en est pas moins vrai que la première de ces deux formes est une abréviation de la seconde. Ces contractions étaient courantes dans l'onomastique florentine : Betto était dérivé de Benedetto, Buto de Benvenuto, Gardo de Gherardo, Gianni de Giovanni, Toso de Tommaso, et ainsi de suite. Par un mécanisme tout semblable, Dante amoureux de la jeune Bice est remonté à la forme primitive de ce prénom, « Béatrice », pour lui faire exprimer l'allégorie sublime qu'il contenait en germe. De même, il a pu, en badinant, se désigner sous le nom de « Durante », type d'amant fidèle et persévérant qui « endure » mille épreuves pour atteindre le but de ses désirs. Il va de soi que le style de la *Fleur* est en rapport avec le contenu du poème : l'allure en est franchement populaire ; on y relève une certaine rudesse, çà et là des traces d'improvisation, nombre de gallicismes, et le texte nous est parvenu dans une copie fort incorrecte. Malgré ces imperfections, l'œuvre est robuste, pleine de sève, de malice et de joie ; l'homme qui l'a rédigée en se jouant, et qui n'y a jamais repassé la lime, n'était pas un traducteur vulgaire : il a refait pour son compte le poème d'autrui, l'a resserré, ordonné, clarifié et y a introduit à l'occasion des impressions personnelles. On y peut reconnaître la griffe du lion.

Lorsqu'en 1881 Ferd. Castets eut l'honneur d'en donner la première édition, d'après le manuscrit unique conservé à Montpellier, et risqua l'identification de Durante avec Dante, ce fut en Italie un beau concert de protestations indignées et de railleries ! Pourtant, quelques esprits réfléchis estimèrent que la question méritait d'être examinée à loisir, sans idée préconçue ; et de cet

examen est sortie, en 1901, l'étude dans laquelle
M. Guido Mazzoni se demande si la *Fleur* peut
être de Dante[1], pour conclure que l'hypothèse de
F. Castets est raisonnable, vraisemblable, acceptable jusqu'à preuve contraire. L'extrême modé-
ration d'une argumentation très prudente et purement objective, jointe à l'autorité personnelle
de M. Mazzoni, valut à ces conclusions l'adhésion
enthousiaste d'un vétéran de la critique dantesque, M. Fr. d'Ovidio[2]. Si beaucoup d'excel-
lents esprits résistent encore, du moins la question est-elle aujourd'hui posée sur son véritable
terrain[3].

Il s'agit de savoir si l'attribution de la *Fleur* à
Dante s'accorde avec l'évolution des sentiments,
des idées et de l'art du poète pendant la période
qui va de la *Vita Nuova* (vers 1292) à son entrée

1. Dans la *Raccolta di Studi critici dedicata ad A. d'Ancona;*
Florence, 1901. À vingt ans d'intervalle, M. Guido Mazzoni
nous donne aujourd'hui du poème une édition magistrale,
avec beaucoup de corrections au texte, très altéré, du manuscrit, et un riche commentaire.

2. *Bullettino della Società Dantesca italiana*, t. X (1903),
p. 273-292.

3. M. Pio Rajna reste fidèle à l'adhésion qu'il a donnée dès
le premier moment à l'hypothèse de M. G. Mazzoni; mais
d'autres, comme MM. Michele Barbi, E.-G. Parodi, qui l'avaient
d'abord accueillie avec plus ou moins de réserve, s'en sont
depuis écartés. Signalons la curieuse thèse de M. Vincenzo
Biagi, *I Predanteschi : Il Fiore, il Detto d'Amore, l'Intelli-
genza* (Florence, 1921), d'après lequel *Il Fiore* n'est pas une
imitation du *Roman de la Rose*, mais le modèle suivi par Jean
de Meun! Ses raisonnements ne renferment même pas un
commencement de preuve. Voir aussi G.-L. Passerini dans
la *Nouvelle Revue d'Italie*, sept.-oct. 1921.

dans la politique active (aux approches de 1300).
Cette époque a été dénoncée par Dante lui-même
comme celle de ses égarements, intellectuels et
sensuels, de sa mondanité dont il se confesse avec
une franchise admirable, en présence de Béatrice
courroucée, dans l'épisode culminant de la fin du
Purgatoire. Les admirateurs de Dante, décidés à
lui reconnaître une inviolable sainteté, sont obligés de fermer les yeux à l'évidence pour contester
le sens littéral de ces aveux. Quelques poésies
inspirées par un sensualisme ardent, un sonnet
de reproches adressé à son jeune ami par Guido
Cavalcanti attristé, un échange de sonnets injurieux entre Dante et Forese Donati, sont autant
de témoins fort explicites du même moment psychologique. A force d'ingénieuse bonne volonté,
on arrive, il est vrai, à enlever tout venin à ces
confidences qui parlent trop haut et trop clair; et,
une fois sur cette pente, on repoussse *a priori*
l'attribution de la *Fleur* à Dante. La vérité est
cependant que tous ces textes sont admirable-
ment d'accord : ils se complètent l'un l'autre et
complètent à leur tour mainte page de la Divine
Comédie.

Si, entre trente et trente-cinq ans, Dante s'est
amusé à tirer une série de sonnets piquants du
Roman de la Rose, alors dans toute sa célébrité,
est-ce après tout un si grand crime? Plus tard, il
s'en repentit, rougit de toutes ses erreurs, entre-
prit de les réparer en composant le grand poème

qui est, entre autres choses, une œuvre de pénitence personnelle, et laissa tomber dans l'oubli
l'œuvre profane qu'un caprice du hasard a sau-
vée. Mais, après la prose solennelle et presque
hiératique de la *Vita Nuova* et avant le style si
coloré, tour à tour réaliste, voir même caricatu-
ral, et tragique de l'Enfer, Dante avait assoupli
son vers, enrichi sa palette, en refaisant, avec
une sobriété nerveuse, l'œuvre traînante et vulgaire de Jean de Meun. Tout ceci, — faut-il le
répéter? — appartient au domaine de la pure
hypothèse; mais si ce n'était pas que le grand
nom de Dante est en jeu, nul sans doute n'en
exigerait davantage pour estimer que la cause est
entendue. Soyons donc prudents, mais ne nous
laissons pas émouvoir par la fougueuse indigna-
tion de M. Farinelli. A ses yeux, une sorte de
sacrilège a été commis par les partisans d'une
attribution inadmissible : il faut dire si l'on est
pour ou contre l'intégrité de la gloire de Dante!
En présence de cette éloquence généreuse et ven-
geresse, on s'attend à voir l'orateur poser la question de confiance — et le vote ne serait pas douteux, car il y a des effets irrésistibles. Seulement,
le problème n'avance pas d'un pas. Lorsque
M. d'Ovidio écrivait, voilà près de vingt ans :
« Ainsi raisonnaient nos critiques du bon vieux
temps », sentait-il toute l'ironie contenue dans
cet imparfait?

III.

Une autre question, à propos de laquelle il est bien inutile de passionner le débat, est celle de savoir si Dante est venu à Paris ou non. La plupart de ses biographes l'affirment; tel d'entre eux semble l'avoir suivi pas à pas dans son voyage à travers le golfe de Gênes, la Provence, la vallée du Rhône, la Bourgogne, où il fait un crochet pour visiter Cluny, d'où il descend la Seine par le coche d'eau, « car les routes sont infestées de brigands et presque impraticables[1] »; — ce luxe de détails est saisissant. D'autres, au contraire, dont M. Farinelli se fait l'interprète avec sa chaleur coutumière, déclarent ce voyage impossible et presque absurde : c'est une légende à l'appui de laquelle on ne peut invoquer aucune preuve et qui se heurte à d'innombrables invraisemblances. Comment cet exilé, qui se débattit si douloureusement contre la pauvreté, put-il entreprendre ce long voyage? Quel était son but? S'instruire? Mais il se trouve que sa science est purement italienne et ne doit rien à l'école de Paris! Et comment ce farouche adversaire des Capétiens aurait-il été chercher asile auprès d'une cour où régnait le représentant d'une politique détestée,

1. Pierre Gauthiez, *Dante;* Paris, 1908, p. 247 et suiv.

ce « fléau de France » qui consommait, à l'en croire, la ruine de l'Italie? Par quelle inconséquence Dante se serait-il ainsi jeté dans la gueule du loup? Non, non; jamais le poète n'a franchi les limites naturelles de sa patrie; celui que la France devait si peu goûter s'est conservé à l'Italie sans partage; — et ceci montre que les raisons de sentiment sont tout aussi impropres que le goût du pittoresque à résoudre certains problèmes d'histoire. Est-il donc si difficile de placer la question sur le terrain des faits? Essayons[1].

Il doit être bien entendu que toutes les allusions que Dante a pu faire au cimetière d'Arles, à la rue du Fouarre, à l'art des enlumineurs ou aux digues de Flandre ne prouvent rien; ce sont là des présomptions auxquelles on s'attache, faute de mieux. Il ne faut pas oublier que les marchands florentins sillonnaient constamment les routes de Ligurie et de Provence; par les vallées du Rhône et de la Saône, ils gagnaient la Champagne, Paris et la Flandre. A chacun de leurs retours, ils racontaient copieusement ce qu'ils avaient fait, vu et entendu; dans les veillées d'hiver, en Toscane, on parlait beaucoup de la

1. La question a été plusieurs fois exposée à l'occasion du sixième centenaire de la mort de Dante, par M. Alexandre Masseron, dans le troisième fascicule du *Bulletin du Jubilé* (Comité catholique français), juillet 1921; par M. H. d'Alméras dans la *Revue de Paris* du 15 septembre, et par M. G. Maugain, dans la *Revue de France* du 1er décembre.

France. Ne nous étonnons pas que des bribes de ces propos soient passées dans les vers du poète[1].

Dans cet ordre d'idées, voici l'argument exposé avec force, assez récemment, par un maître illustre de la philologie italienne, Pio Rajna[2], dont je m'honore d'avoir été l'élève et de rester l'ami affectueusement dévoué. Cet argument, M. Henry Cochin l'a fait connaître et valoir, à l'usage des lecteurs français, dans l'*Annuaire-Bulletin de la Société de l'Histoire de France* (1921). Je suis mortifié de ne pas y avoir trouvé mon chemin de Damas !

Il s'agit de l'examen que Dante subit sur la Foi, devant saint Pierre, au chant XXIV du Paradis. A cette occasion, le poète a représenté, en quelques vers, les formes dans lesquelles se déroulaient, à Paris, l'interrogation et l'argumentation du « bachelier » devant son juge. Il y a là une telle exactitude, technique et psychologique, qu'on est tenté de s'écrier : « L'auteur de ces vers a vraiment subi l'examen qu'il décrit ! » — J'avoue ne pas apercevoir de lien entre ces prémisses et cette conclusion. Certainement, Dante a rencontré, au

1. Tel de ces détails peut avoir aussi une origine littéraire. Ainsi le cimetière d'Arles, auquel sont comparées les tombes serrées des hérésiarques au sixième cercle de l'enfer, nous reporte moins à un paysage réel qu'à la légende des sépulcres miraculeusement sortis de terre pour recueillir les chrétiens écrasés par les infidèles aux portes d'Arles ; voir, pour la bibliographie des études relatives à cette légende, le récent volume de L.-A. Constans, *Arles antique;* Paris, 1921, p. 365-367.

2. Dans les *Studi Danteschi* publiés par M. Barbi, t. II, 1920.

cours de ses voyages, des clercs qui avaient étudié et argumenté à Paris ; il suffit qu'il ait entendu
l'un d'eux raconter les discussions auxquelles il
avait assisté ou pris part, et ces détails, comme
tant d'autres notions acquises par lui, se sont
gravés dans sa mémoire. Rejeter cette explication toute simple, c'est nier la puissance créatrice
de l'imagination du poète, qui transformait en
choses vécues les germes qu'avaient déposés dans
son esprit ses lectures ou les propos recueillis au
hasard des entretiens, non moins que ses expériences personnelles. Ce n'est pas ici le lieu de
fournir des preuves de cette faculté de vision
imaginaire sur des données d'emprunt ; elle est
caractéristique de l'art de Dante, et je me borne
à signaler les paysages géographiques[1] ou même
astronomiques[2] que le regard du poète n'a jamais
pu embrasser, mais qu'il a dessinés avec une précision impressionnante. — Il ne reste donc qu'à
remonter à la source de la tradition pour essayer
d'en apprécier la pureté.

Le plus ancien témoignage est celui du chroniqueur florentin Giovanni Villani, mort en 1348 ;
il se lit au livre IX, ch. cxxxvi, de sa chronique,
en ces termes : « Dante exilé de Florence se ren-

1. Voir, par exemple, le tableau de la région du lac de Garde
et des affluents qui y descendent des massifs alpestres qui l'encadrent au nord, *Enfer*, XX, 61 et suiv., ou encore la description de la côte provençale, face à l'Afrique, *Par.*, IX, 82-93.
2. Voir *Par.*, XXII, 133-153.

14

dit à l'Université de Bologne, puis à celle de
Paris et en plusieurs autres pays du monde. »
Les témoignages de Boccace (qui n'est pas revenu
moins de cinq fois sur le voyage à Paris) sont
postérieurs d'une dizaine d'années et plus; ils
marquent nettement le point de départ de la
légende[1]. On a beaucoup disserté et beaucoup
varié sur la véracité de Boccace biographe de
Dante; pendant un temps, ses affirmations ont
été tenues pour purement fantaisistes, ce qui permettait de les rejeter en bloc; on s'est aperçu
ensuite que ce conteur savait être à l'occasion un
historien consciencieux, et les esprits croyants en
ont profité pour accorder à sa « Vie de Dante »
une confiance presque sans réserves.

Les choses sont un peu moins simples que
cela. Sur certains points de la vie de Dante, Boccace a recueilli, à l'occasion provoqué, des témoignages intéressants, qu'il a fidèlement rapportés,
en nommant ses informateurs, et sans cacher
parfois des difficultés que pouvaient soulever leurs

---

1. J'omets à dessein la prétendue lettre d'un frère Hilarius,
dont le texte nous a été conservé de la main de Boccace, et
qui nous montre Dante se rendant en France par la Luni-
giane et la Ligurie. En dépit d'une défense ingénieuse (*Un
episodio celebre*, etc..., par Vincenzo Biagi; Modène, 1910),
l'authenticité de ce document reste des plus suspectes, et la
valeur de la critique qu'en a faite M. Pio Rajna reste entière
(*Studi romanzi della Soc. filol. romana*, t. II, 1904, p. 193, et
plus complètement dans le volume collectif : *Dante e la Lunigiana;* Milan, 1909, p. 233 et suiv.). Voir encore E.-G. Parodi,
Au sujet de la lettre du frère Ilario, dans le fascicule dantesque de la *Nouvelle Revue d'Italie*, sept.-oct. 1921.

affirmations. Dans ces conditions, sa sincérité et même sa prudence sont au-dessus de tout soupçon[1].

Mais, ailleurs, il n'invoque aucune autorité à l'appui d'un détail pourtant caractéristique, sans doute parce qu'il s'agit alors d'un simple on-dit, d'un bruit dont il n'endosse pas la responsabilité; et alors il ne se fait pas scrupule de broder sur le thème qui s'offre ainsi à lui, — qu'on relise le récit, d'ailleurs charmant, qu'il fait de la première rencontre de Dante et de Béatrice à neuf ans, et encore celui du songe de la mère du poète. Tel est le cas du voyage à Paris : nous apprenons de lui tantôt que le poète l'avait entrepris dans sa jeunesse (*juvenis*), tantôt qu'il était au seuil de la vieillesse (*vicino alla sua vecchiezza*); dans cette *Vie de Dante*, qui est en réalité une apologie, un « Traité à la louange de Dante », Boccace exalte la hauteur de ce génie qui se manifesta en discutant avec les maîtres de l'Université de Paris; et il précise, plus loin, que le Florentin soutint l'assaut des plus grands savants, répondit victorieusement à quatorze questions différentes et réfuta toutes les objections; cela parut un miracle. Ce n'est pas pour étudier que Dante était venu à Paris, mais bien pour éblouir les Parisiens! Ailleurs encore (mais en vers latins, et la poésie autorise toutes les hardiesses!) Boccace dit que

1. Voir ci-dessus p. 45 et suiv.

Dante poussa ses explorations jusqu'en Grande-Bretagne.

Tout cela présente un médiocre intérêt historique. Une seule chose est à retenir : Boccace, comme Villani, avait entendu dire que Dante était allé à Paris ; peut-être même est-ce Villani qui lui a fourni le thème de ses variations. Et ceci nous permet d'affirmer nettement qu'à Florence, vers 1340, quinze ou vingt ans après la mort de Dante, on répétait que le poète était allé à Paris.

Voilà le fait que nous devons tenir pour acquis. Il n'est pas négligeable ; mais quelle en est la portée réelle ?

Moins grande qu'il ne semble d'abord, si l'on songe que, de toutes les villes de l'Italie du Nord, Florence était celle où l'on avait le moins vu Dante depuis le début du siècle : il en était parti précipitamment à la fin de 1301 ; il n'y avait plus remis les pieds. Si la tradition du voyage à Paris nous venait de Bologne, de Vérone ou de Ravenne, où Dante séjourna et laissa de nombreux amis, témoins de son âge mûr, elle aurait plus d'autorité. A Florence, il eut très vite des admirateurs, qui exaltèrent en lui le poète, le savant, le théologien, qui plaignirent l'exilé, réduit à errer de ville en ville. On savait qu'il avait vécu à Bologne, le grand foyer des études juridiques ; comment n'aurait-il pas été à Paris, centre des discussions théologiques ? Et pourquoi se serait-il arrêté en si beau chemin? On a remarqué l'inquiétante expression de Villani : « ... et plusieurs autres pays du monde », que Boccace a essayé de préciser : « En Grande-Bretagne. »

A Florence, où on l'avait perdu de vue depuis plus longtemps, il était naturel que Dante entrât plus vite qu'ailleurs dans la légende.

D'autre part, les essais de preuves négatives auxquels on s'est livré n'atteignent pas leur but. On a dit, — j'ai dit moi-même : « Si Dante était venu en France, il aurait parlé de ceci ou de cela. » Tout récemment, M. F. Delaborde a mis en relief le silence de Dante sur saint Louis[1]. Mais il y a bien d'autres choses et d'autres gens sur qui Dante est resté muet, par exemple sur le grand pape réformateur que fut Grégoire VII. La Divine Comédie n'est pas un recueil des impressions vécues du poète; il n'a fait appel à ses souvenirs que dans la mesure où cela lui permettait de préciser une idée ou une image; son choix est donc capricieux, presque fortuit, et, en ce qui concerne ses « impressions de France », son aversion pour la politique française aurait pu lui conseiller une réserve particulière.

Mais, sur ce point, je voudrais présenter une dernière observation.

A propos de l'Université de Paris, Dante ne rappelle que l'enseignement de Siger de Bra-

---

1. *Bulletin du Jubilé*, nᵒˢ 1, 1920.

bant, qui prit fin en 1275; en aucun cas le poète n'aurait donc pu l'entendre; et comme Siger est mort assassiné à Orvieto vers 1280-1283, on entendit parler de lui en Italie, sans prendre la peine d'aller jusqu'à la rue du Fouarre.

Or, il en est de même de tous les jugements de Dante sur la politique française : ils sont formulés d'Italie, du point de vue particulier à l'homme qui a écrit la « Monarchia », du point de vue propre aux milieux gibelins que fréquenta l'exilé. Plus j'étudie Dante, plus je me persuade que son information sur la France a été recueillie en Italie. Qu'on relise la diatribe de Hugues Capet, au chant XX du Purgatoire.

Ceci n'est encore qu'une impression, qu'il n'est cependant pas impossible de préciser.

IV.

Sa haine de la France s'alimenta de griefs purement politiques, d'ailleurs fort légitimes. Au moment où cette portion de la bourgeoisie florentine aisée, que l'on désigne sous le nom de « Blancs », et à laquelle appartenait Dante, détenait le pouvoir et luttait désespérément contre les intrigues de Boniface VIII, ce pape, fort de l'appui des « Noirs », — l'habituelle coalition de tous les mécontents, nobles aigris et artisans avides, — ne trouva rien de mieux, pour en venir à ses fins, que d'introduire à Florence le frère de Philippe le Bel, Charles de Valois, avec le titre de pacificateur. Charles n'usa des prérogatives attachées à sa haute mission que pour livrer Florence aux représailles des Noirs; c'est à ce moment que Dante, responsable pour sa large part de la résistance opposée aux vues ambitieuses de Boniface, subit une première condamnation infamante, que d'autres, à bref intervalle, suivirent en l'aggravant.

Il faudrait une bonne dose de naïveté pour s'étonner que le poète n'ait pas béni cette intervention française : à ses yeux, « Charles sans terre » était un Judas, un « nouveau Totila », c'est-à-dire l'émule de ce chef ostrogoth auquel on attribuait la première destruction de Florence.

Les méfaits de la maison de France ne s'arrêtaient pas là. En septembre 1303, moins d'un an après l'entrée de Charles à Florence, des émissaires de Philippe le Bel insultaient le vieux Boniface VIII dans son palais d'Anagni et l'humiliaient au point qu'un mois plus tard il en mourait de rage. Alors Dante, oubliant sa haine contre ce pape prévaricateur, tourne sa colère contre celui qui, dans la personne de son vicaire, a une seconde fois abreuvé le Christ d'outrages et l'a recrucifié entre deux larrons vivants (Purg., XX, 86-90). Il était arrivé aux Romains de faire pis à leurs pontifes; mais il sembla intolérable qu'un prince étranger s'accordât de pareilles privautés, et il est exact que cet affront, prélude du transfert de la papauté en Avignon, marque la fin du prestige mystique dont avaient joui les papes du moyen âge.

Ruiner Florence, humilier et asservir le Saint-Siège, c'était déjà beaucoup de crimes contre l'Italie. Mais à mesure que Dante, exilé, replié sur lui-même, méditait sur les destinées du monde, il lui apparaissait clairement que la France tendait à détruire l'autorité impériale elle-même. Lorsque Henri VII, descendu en Italie, excita de grandes espérances parmi tous ceux qui gémissaient du triomphe des Guelfes, on vit le Gascon Clément V, créature de Philippe le Bel, abandonner l'empereur dont il avait favorisé l'élection (Par., XVII, 82). Sans faire un grand effort de mémoire, Dante se rappelait qu'un frère de saint Louis, Charles d'Anjou, avait aidé un autre pape à étouffer dans le sang la dynastie du grand Frédéric II : Manfred à Bénévent (1266), et le jeune Conradin à Tagliacozzo (1268). Plus Dante se persuadait que le salut de l'Italie et du monde dépendait du relèvement des deux autorités impériale et pontificale, réconciliées et indépendantes, chacune dans sa sphère propre, plus il devait maudire ces nouveaux venus, ces intrus, qui rendaient impossible l'équilibre rêvé. Dès lors, cette dynastie conquérante, qui avait étendu ses griffes rapaces sur la Provence, le royaume de Naples et la Sicile, Chypre, la Navarre, et qui avait tenté d'envahir l'Aragon, devint à ses yeux l'hydre malfaisante qu'il fallait à tout prix écraser ; et, du haut de la cinquième terrasse de son Purgatoire, il lança, par la bouche d'Hugues Capet, une terrible malédiction contre ces princes ambitieux et cupides, dont les armes préférées étaient la trahison, la violence et les honteux marchés (Purg., XX).

Chacun sent bien que la perspective de ce dessin heurté, aux raccourcis brutaux, est prise d'un point de vue strictement gibelin : ce n'est pas après un séjour en France, avec des informations recueillies sur place, que Dante a coloré ce sombre tableau. Il a pris de toutes mains ses renseignements, à l'histoire, à la légende et aussi aux troubadours de Provence, ennemis jurés des princes français ; mais il était de trop bonne foi pour repousser les autres versions, moins défavorables, dont il aurait pu avoir connaissance en France. Bien que Hugues Capet parle avec mépris de tous les Louis et de tous les Philippes sortis de lui, une interprétation douteuse peut seule découvrir dans la Divine Comédie une allusion blessante à saint Louis[1]. Ayant su que Phi-

1. Il n'est pas sûr, en effet, que le v. 128 du ch. VII du Purgatoire désigne saint Louis comme le mari de Marguerite de Provence : il peut s'agir de Marguerite de Bourgogne, seconde femme de Charles Ier d'Anjou ; le sens serait alors : « Constance, femme de Pierre III d'Aragon, roi de Sicile, désigné au v. 125, se vante d'un mari meilleur que celui (Charles Ier, ennemi de Pierre III, désigné au v. 124) de Béatrice de Provence et de Marguerite ; dans la même mesure, Charles II est inférieur à son père Charles Ier. » Le savant commentaire de

lippe le Hardi et Charles d'Anjou étaient morts
chrétiennement, Dante n'a pas hésité à les sauver, au même titre que leurs adversaires. Sans
doute, il raille le nez camus de l'un (*il Nasetto*)
et le long nez de l'autre (*il Nasuto*), tandis que le
blond Manfred a une figure pleine de séduction;
mais ce mince avantage n'entrave pas, dans
l'œuvre de Dante, le cours de la justice divine.
Bien plus, le seul prince français avec qui le
poète semble s'être trouvé en relations personnelles, le petit fils de Charles d'Anjou, de
l'homme au grand nez, Charles Martel, roi de
Hongrie, mort à Naples à vingt-quatre ans, lui
inspira une très vive sympathie, gravée en caractères ineffaçables au huitième chant du Paradis.
S'il avait pu voir de près, comme Charles Martel, ces souverains qu'il a maudits de loin, à travers ses préjugés gibelins, Dante n'aurait-il vraiment rien trouvé à louer en eux? Machiavel, qui
a répété le jugement obligé sur la mobilité d'esprit et la vanité des Français, mais qui a observé
chez eux leurs institutions, a parfaitement su discerner, à côté de leurs faiblesses, les causes de
leur force. On répugne à tenir Dante pour incapable d'apercevoir ce qu'il y avait de hardi dans
la politique de Philippe le Bel, s'il avait pu s'en
faire une idée par lui-même.

L'antipathie du poète pour la maison de France

M. Torraca adopte ce sens, qui a pour lui, manifestement, le
contexte.

procède du même sentiment que son dédain pour les parvenus de Florence, pour les fortunes réalisées en peu d'années, pour cette révolution économique et sociale qui, du début du xiie siècle à la fin du xiiie, avait transformé la petite bourgade obscure et pauvre des bords de l'Arno en une ville puissante, prospère, éprise de luxe et de plaisir, foyer d'une civilisation raffinée qui allait guider l'Europe dans la voie de la Renaissance. On sait avec quelle conviction Dante a exalté la pureté de la vieille Florence et dénigré la corruption, la décadence de la nouvelle, au moment même où celle-ci rendait possible l'épanouissement de cette poésie et de cet art qui allaient placer le nom de Florence tout près de celui d'Athènes dans l'histoire de la civilisation. N'est-ce pas là un exemple curieux de l'aveuglement que peut engendrer, chez les plus grands esprits, l'orgueil d'une noblesse illusoire et la haine systématique de toute nouveauté?

Au milieu du vieux monde médiéval, dont la pensée du poète ne sut jamais se détacher, la France était, elle aussi, une parvenue et une intruse, qui devait renouveler bien des choses; l'antipathie de Dante est donc fort naturelle, et nous admettons sans peine qu'il se soit acharné contre la puissance qui venait déranger ses idées les plus chères.

Paris, 1909 et 1921.

APPENDICES

I.

Les sources arabes de la Divine Comédie[1].

Le mémoire de M. Asìn Palacios sur les sources islamiques de la Divine Comédie n'a peut-être pas fait beaucoup de bruit, mais il aura un long retentissement. Il fallait un arabisant de premier ordre pour classer, résumer, citer, réunir en un faisceau solide et imposant toutes les légendes issues du Coran, jusqu'aux œuvres d'Abenarabi de Murcie (première moitié du XIIIe siècle), qui présentent quelque analogie avec le poème de Dante, considéré dans son ensemble ou dans ses détails. Le savant professeur de l'Université de Madrid a rempli son programme avec une ampleur, un zèle, une richesse d'informations, une force de conviction qui ne peuvent manquer de faire grande impression sur ses lecteurs. Pour quiconque n'est pas bien au courant de la littérature arabe, — j'ose à peine dire que c'est quasi la totalité des dantologues, — la plupart des rapprochements signalés

1. Compte-rendu de l'ouvrage de Don Miguel Asìn Palacios, *la Escatología musulmana en la Divina Comedia;* Discurso leido en el acto de recepción en la R. Academia española; Madrid, 1919, in-4°, 403 pages.

par M. Asìn Palacios sont une révélation. On est un peu abasourdi et humilié d'apprendre que non seulement les visions d'Enfer et de Paradis, mais la rencontre même de Béatrice au paradis terrestre, et bien d'autres choses, se lisaient déjà chez des écrivains musulmans dont on ignorait l'existence. On est d'abord tenté de s'affliger : on s'étonne tout au moins; quelques-uns peut-être se réjouiront. A la réflexion pourtant on s'aperçoit que, si l'étonnement est naturel, il n'y a ni à se réjouir ni à s'affliger de ce long chapitre ajouté à l'histoire des précurseurs de Dante; car tous ces rapprochements si curieux, souvent inattendus, toujours instructifs, sont en réalité totalement étrangers à la Divine Comédie.

L'erreur de M. Asìn, ou peut-être sa suprême habileté, a été de parler tout de suite, avec une grande autorité, des « sources » arabes de Dante et de ses « modèles », et ainsi de faire entrer peu à peu, de page en page, cette conception dans l'esprit de son lecteur, en lui assénant de main de maître, sans lui laisser le loisir de respirer, toute une volée d'arguments qui pleuvent drus et longuement, et qu'il excelle à résumer (p. 225-228) avec une grande force. Si après cela on n'est pas convaincu que Dante a bien connu toute cette littérature, c'est qu'en vérité on y met beaucoup d'entêtement!

Cependant, partir du Coran pour arriver à Abenarabi, et rejeter dans une dernière partie l'examen de ce formidable problème : comment Dante a-t-il connu tous ces textes? c'est suivre précisément l'ordre inverse de celui qu'imposait une saine méthode. Car, avant tout examen d'une légende isla-

mique quelconque dans ses rapports avec l'œuvre
de Dante, se pose une question préjudicielle : le
poète florentin ne savait pas l'arabe, pas plus que le
grec ou l'hébreu[1] ; par quelle voie la littérature arabe
est-elle donc arrivée jusqu'à lui? Tant qu'on n'a pas
cherché loyalement à répondre à cette question, on
peut bien se livrer au petit jeu, infiniment suggestif,
des rapprochements; on n'a le droit de parler ni de
sources ni de modèles.

On nous dit : beaucoup d'idées arabes étaient passées dans des ouvrages rédigés, à l'usage des chrétiens d'Espagne, en latin ou en castillan. — Qu'on
établisse donc entre ces textes et la *Commedia* des
rapprochements prouvant que Dante les a connus et
qu'il s'en est inspiré; mais qu'on n'édifie pas un raisonnement comme celui-ci : des idées et des doctrines arabes étaient connues du clergé espagnol en
vue de les réfuter et même de les parodier[2]; donc un
poète italien pouvait connaître toute la tradition des
interprètes du Coran, des mystiques et des poètes
arabes! — On nous dit encore : mais Brunetto
Latini est allé en Espagne, comme ambassadeur de
Florence auprès d'Alphonse le Sage, en 1260, puis
il fut le « maître » de Dante (M. Asín prend ce mot
dans son sens le plus rigoureux; mais Dante ne put
se mettre à l' « école » de Brunetto que vingt ans plus
tard au moins!), — c'est donc lui qui conta toutes ces

1. Il est étrange et fâcheux que M. Asín dise et répète
(p. 323 et 327) que le Nemrod de Dante parle hébreu, quand
le texte du poète dit précisément que le langage de Nemrod
« n'est connu de personne » (*Inf.*, XXX, 80-81), et cela pour la
bonne raison qu'à lui remonte la confusion des langues!
2. « Acompañadas de comentarios burlescos » (p. 316).

belles histoires à son élève. — C'est supposer que Brunetto Latini, au cours de ce rapide voyage, s'était durablement imbu de poésie arabe; mais, comme il est justement le Florentin de sa génération qui a le plus écrit, on devrait apercevoir dans ses œuvres des traces importantes de sa culture arabe : qu'on nous cite donc les légendes islamiques qu'il avait rapportées d'Espagne et qu'on laisse Abenarabi en paix. Or, M. Asìn Palacios ne cite que des textes arabes, sans doute parce qu'il n'en connaît pas d'autres. Pour ma part, j'ajoute que les Espagnols eux-mêmes me paraissent n'avoir tiré aucun parti des œuvres du poète de Murcie, et en général de toutes ces visions de Mahomet, ce qui est d'ailleurs fort naturel de la part de chrétiens en lutte constante avec les Maures. Paolo Savj-Lopez, qui savait chercher et trouver, a communiqué en 1897 au *Giornale dantesco* une note intitulée « Precursori spagnuoli di Dante », qui est d'une extrême pauvreté; un fragment de la *Vida de sancta Oria* de Berceo rappelle un détail de la vision de Tundal par une allusion au paradis; puis un passage du *Libro de Alexandro*, relatif à l'enfer, est emprunté à l'*Alexandreis* de Gautier de Châtillon; et c'est tout. Trouvera-t-on mieux? Il appartient aux érudits d'Espagne de répondre. Attendons.

En attendant, M. Asìn se rejette sur des généralités : la civilisation arabe a occupé une grande placé dans le bassin de la Méditerranée au moyen âge. Avicenne, Averroès, Alfergani et plusieurs autres, traduits en latin, ont été cités par Dante, — mais non par Dante tout seul; — à quoi nul ne contredit. Il se rejette encore sur des hypothèses ou sur de simples

possibilités; par exemple, rien ne prouve que Dante
ignorât les langues sémitiques (p. 327). Évidemment;
mais il serait plus utile de prouver qu'il les savait, et
ce serait aussi beaucoup plus difficile.

Sentant bien que, comme justification préalable de
son enquête, ces arguments eussent été un peu
faibles, l'auteur les a spirituellement réservés pour la
fin; il a pensé que le lecteur, ébloui, dominé, vaincu
par un étalage inusité et vraiment admirable de citations, d'analyses et de rapprochements, ne serait plus
en état de discuter : remarques générales, suppositions peu sûres, tout prend à ses yeux l'apparence de
l'évidence même. Pour sa part, cependant, M. Asín
n'a aucune illusion sur la valeur propre de ces considérations historiques; il ne les a visiblement faites
que par condescendance pour certains pédants; tout
cela ne conduit à rien, dit-il; seules les analogies
constituent des preuves scientifiques (p. 323). Il eût
été bon de poser ce principe au seuil du volume; on
aurait su tout de suite à quoi s'en tenir.

Tout en condamnant la méthode tendancieuse et
en rejetant les conclusions absolues de ce livre, tel
qu'il est présenté, je tiens à déclarer que je l'ai lu
d'un bout à l'autre avec beaucoup de curiosité, d'intérêt, de profit, et que je conserve une sincère reconnaissance au savant qui m'a révélé cette longue série
de légendes, dont j'ignorais à peu près tout. Son
mémoire doit être lu et sérieusement considéré par
les commentateurs de Dante. Faute de compétence,
nous acceptons avec confiance ses analyses et ses traductions, sauf rectifications[1], et sans tirer avantage

1. Il serait très désirable que des arabisants voulussent bien

contre lui de sa connaissance inégale de Dante et de la littérature dantesque. Il fallait que toutes ces analogies fussent relevées. Qu'en résulte-t-il?

Il en résulte que l'humanité vit sur un fonds d'idées en somme peu nombreuses; que certains problèmes, toujours les mêmes, la préoccupent obstinément, en particulier celui de notre destinée après la mort, et qu'elle est incapable d'imaginer la félicité des élus et le châtiment des réprouvés en dehors d'un cercle fort restreint de conceptions morales et de formes concrètes; que des ressemblances sur ce point entre deux civilisations ennemies comme le christianisme et l'islamisme sont d'autant moins surprenantes qu'en réalité l'Islam procède pour une part appréciable du judaïsme et du christianisme, et que le développement des deux civilisations a été parallèle; qu'enfin l'étude du folklore révèle des analogies bien autrement surprenantes entre des civilisations beaucoup plus éloignées dans l'espace et dans le temps.

Tout cela est très captivant, très suggestif, très mystérieux, et nous invite à de longues réflexions. Mais, jusqu'à preuve du contraire, ces analogies n'obligent pas, n'autorisent même pas à dire : ceci est copié de cela. Où est le trait d'union? Le point de contact?

Paris, 1919.

pour cela venir à notre aide et nous confirmer que notre confiance est bien placée. Voir un article enthousiaste d'un célèbre orientaliste italien, Italo Pizzi, de l'Université de Turin, dans le *Giorn. Stor. della lett. ital.*, t. LXXIX, p. 99.

II.

La Loire dans la Divine Comédie.

> Isara vide ed Era e vide Senna.
> (Par., VI, 59.)

M. Michele Scherillo a rappelé en 1908[1] que, pour les Florentins du xive siècle, la Loire s'appelait « l'Era »; il l'a trouvée désignée sous ce nom par Pétrarque, antérieurement par Matteo Villani, et aussi par Dante, en un vers, cité en tête de ces lignes, où les commentateurs ont généralement reconnu la Saône (en latin *Arar*); seul, Henry-F. Cary, au début du xixe siècle, avait bien identifié l'Era avec la Loire, mais le traducteur et commentateur anglais n'avait pas été suivi. — Presque au même moment, Edmondo Solmi montrait que les manuscrits de Léonard de Vinci désignent constamment sous le nom d'Era le fleuve qui traverse tout le centre de la France[2].

Dès 1902, j'avais établi, dans une note contenue au tome II du *Bulletin italien* de Bordeaux (p. 177-178), que l'Era de Pétrarque et de Villani était incontestablement la Loire; il est vrai que je ne m'étais pas alors avisé d'étendre cette identification à l'Era de Dante.

De ces témoignages indépendants, et dont l'accord a quelque chose de frappant, il ressort donc que, du

1. *Rendiconti del R. Istituto lombardo di scienze e lettere,* s. II, vol. 41, p. 757-767.
2. *Giornale Dantesco,* anno XIV, quad. I, p. 47.

xive au xvie siècle, les Italiens, ou tout au moins les
Toscans, appelaient la Loire « l'Era »; aux exemples
de Dante, Villani, Pétrarque, Léonard s'en ajoutent
bien d'autres de Luigi Alamanni, — Florentin qui
résida beaucoup en Touraine, — et chez lequel
d'abord cette forme m'avait frappé. Ce que je puis
ajouter, c'est que, dès le milieu du xvie siècle, cet
emploi du nom Era était un archaïsme que ne com-
prenaient plus les Italiens peu familiers avec les
rives de la Loire. Bernardo Tasso, en effet, écrit à
propos du cardinal de Tournon :

> Del gran vecchio béato
> Della cui gloria suona
> Ov' ogn' or arde il cielo, ov' è gelato,
> Non pur *Ligeri* e Sona,
> Rodano, Sena, Varo, *Era* e Garona[1].

Le rapprochement de Ligeri et de Era, dans cette
énumération de cours d'eau français, prouve assez
que B. Tasso ne pensait pas employer deux syno-
nymes; visiblement, dans le dernier vers, il s'est souvenu du quatrain « fluvial » de Pétrarque[2], en croyant
peut-être que l'Era était l'Eure. Nous savons donc à
partir de quel moment ce nom a cessé d'être compris
par les Italiens.

Reste à déterminer le chemin parcouru pour passer de Loire à Era. Il faut renoncer à tirer Era directement de Liger, ou de Lwère, devenu Loèro (?).
Considérons séparément la question de la voyelle

---

1. *Rime di Bernardo Tasso;* Bergame, 1740, ode XXXIV.
2. Sonnet *Non Tesin, Po, Varo, Arno, Adige e Tebro.*

tonique, puis celle de la chute de la consonne initiale.

Carlo Salvioni a remarqué fort à propos[1] que notre forme *Loire* remonte à une forme plus ancienne, *Leire*, comme *veoir* à *veeir*, *voire* à *veire*. Mais c'est moins une question d'âge qu'une question de région. M. A. Thomas veut bien me confirmer, avec sa grande compétence en ces matières, que la prononciation *Lère* a persisté jusqu'à l'époque moderne dans toute la vallée supérieure du fleuve, y compris le Bourbonnais et même le Berry. Or, c'était précisément par là que les marchands florentins, venant de Provence ou de Lyon, abordaient la vallée de la Loire. J'ajoute que même le long du cours moyen du fleuve, où prévalut la prononçiation *Lwère*, les Italiens étaient bien habitués à substituer un *e* à notre *oi : noir, nero: poire, pera*, etc... La transcription habituelle de Blois, dans les documents italiens, est *Bles*. Par le même mécanisme, l'Oise devient *Esa* dans la *Coltivaʒione* de Luigi Alamanni. Donc rien ne s'explique mieux que la forme italienne *Lera* pour désigner la Loire.

En ce qui concerne la consonne initiale, sa confusion avec l'article s'explique d'autant mieux que le français n'employait guère l'article devant cette catégorie de noms propres, et aujourd'hui encore certaines locutions populaires très vivaces conservent des traces de cet usage ancien; nous disons « la rivière de Seine », ou « la rivière de Loire », pour la Seine, la Loire; et encore « une alose de Seine »,

1. *Bullettino della Società Dantesca italiana*, t. XVI, p. 54.

« faire une baignade en Loire ». Il était assez naturel que les Italiens, dans ce dernier cas, prissent *l* initiale pour un article. Justement, la phrase de Matteo Villani, où se trouve nommée l'Era, est l'exacte transcription de notre locution « la rivière de Loire » : *Avea costeggiato il fiume dell' Era infino ad Orliens*[1].

C'est ainsi que la forme « l'Era », colportée par les marchands florentins, s'est répandue jusqu'en Toscane, sans doute dès le xiiie siècle.

* *
*

Cependant, divers critiques se refusent à reconnaître la Loire au chant VI, v. 59, du Paradis, et tiennent fermement pour la Saône. La cause de leur résistance est que, dans le récit des prouesses de l'aigle romaine, Dante se serait manifestement souvenu d'un passage de Lucain (*Pharsale*, l. I, v. 371 et suiv.), dans lequel se rencontrent les noms des mêmes fleuves, mais avec la Saône au lieu de la Loire[2]. Ainsi présenté, le rapprochement a quelque chose, en effet, de saisissant; mais il faut y regarder de plus près.

Le morceau en question se lit au livre I de la *Pharsale*; la phrase, où est nommé le Rhin, commence dès le vers 369; les noms du Rhône et de la Saône n'arrivent que soixante-cinq vers plus loin. Dans l'intervalle, outre le Var et l'Isère (la Seine n'est pas

1. *Cronica*, l. VII, c. 6.
2. Voir, par exemple, Paget Toynbee, *Dante Dictionary*, au mot Era.

elle-même désignée, mais la *gens Sequana*, v. 425),
on trouve mentionnés l'Aude et l'Adour, puis beaucoup d'autres phénomènes géographiques, le lac
Léman, les Vosges, les Cévennes, le golfe de Monaco,
le bois sacré de Nîmes, l'Océan et quantité de noms
de peuplades gauloises.

Le passage de Lucain ne renferme d'ailleurs aucune
allusion à la conquête de la Gaule par César; jusqu'au
vers 386, c'est un discours du centurion Laelius, qui
traduit le mécontentement des légions inactives et
exhorte César à marcher contre Rome; là est dit ceci :
« Nos mains, pour laisser derrière toi le monde soumis, ont maîtrisé les ondes mugissantes de l'Océan
et brisé, aux extrémités septentrionales, le Rhin écu-
mant » (v. 369-371). Tandis que Dante rapproche le
Rhin du Var (VI, 58) pour marquer les frontières
continentales de la Gaule au sud-est et au nord-
est, Lucain opposait ce grand fleuve à l'Océan; le
Var, chez le poète latin, est rapproché de l'Aude
(v. 403-404).

D'ailleurs, à partir du vers 386, il est si peu question de conquêtes que Lucain, tout au contraire,
décrit l'espèce d'évacuation de la Gaule qui résulta
du départ des légions pour l'Italie : César cède aux
objurgations de ses armées; on abandonne donc les
rives du Léman et les pentes des Vosges; on quitte
notamment les rives de l'Isère, « qui perd son nom
avant d'atteindre la mer » (v. 399-401). Puis vient une
très longue période, dans laquelle sont énumérées de
nombreuses peuplades, entre autres les Séquanes et
les Belges, puis ceux qui habitent les rives du Rhône,
« dont le courant rapide entraîne la Saône vers la

mer » (v. 433-434); et la phrase s'achève ainsi : « Et toi aussi, barbare Trévire, tu te réjouis de voir porter ailleurs la guerre » (v. 441).

Tout cela, on doit l'avouer, n'a qu'un rapport douteux avec les trois vers de Dante. Admettons que le poète se soit souvenu de ce morceau géographique; ce ne fut en tout cas qu'un souvenir fort lointain. Pourquoi la Saône l'aurait-elle plus frappé que l'Aude, l'Adour ou le lac Léman? A bien prendre, son vers 60 :

Ed ogni valle onde'l Rodano è pieno

traduit suffisamment les vers de Lucain où est nommée la Saône :

Rhodanus raptim velocibus undis
In mare fert Ararim...

Et s'il omettait ainsi le nom d'un affluent du Rhône, ayant déjà nommé l'Isère, ne pouvait-il ajouter à l'énumération la Loire, qui traverse la France par le milieu?

Le fait est qu'il la nomme, sous la forme qui a été couramment employée par les écrivains toscans du xive au xvie siècle, tandis qu'on ne cite aucun exemple du nom *Era* désignant la Saône. De *Arar*, Dante n'aurait pu tirer qu'un nom de forme savante, comme *Arari* ou *Arare;* depuis longtemps, l'usage populaire ne connaissait plus que le nom *Sauconna*, déjà enregistré par Ammien Marcellin au ive siècle.

Paris, 1909 et 1921.

INDEX ALPHABÉTIQUE

DES NOMS PROPRES

TABLE DES MATIÈRES

NOGENT-LE-ROTROU, IMPRIMERIE DAUPELEY-GOUVERNEUR.

Librairie Honoré CHAMPION, Éditeur
5, Quai Malaquais, PARIS

ADDAMIANO (Nat.). **Delle opere poetiche francesi di Joachim du Bellay e delle sue imitazioni italiane.** 1921, in-8°, 260 p.   12 fr.

ARBELET (Paul). **La jeunesse de Stendhal.** 1920, 2 vol. in-8°, xviii-403 p. et 244 p. Ensemble   30 fr.

CHAMPION (Pierre). **Le procès de condamnation de Jeanne d'Arc.** Texte et traduction. Notes et appendices. 1921, 2 vol. in-8°, xxxii-416 et cx-452 p. et 9 planches en phototypie. Les 2 vol. ensemble   50 fr.

Il a été tiré 50 exemplaires sur hollande à 200 francs.

CHARBONNEL (J.-Roger). **La pensée italienne au XVIe siècle et le courant libertin.** 1919, in-8°, xxv-720-lxxxiv p.   26 fr.

Prix MARCELLIN GUÉRIN à l'Académie française (1920).

— **L'éthique de Giordano Bruno et le second dialogue du Spaccio.** Contribution à l'étude des conceptions morales de la Renaissance italienne. 1919, in-8°.   13 fr.

CHARBONNIER (F.). **La poésie française et les guerres de religion.** 1920, in-8°, 558 p.   20 fr.

COCHIN (H.). **Lettres de Francesco Nelli à Pétrarque,** publiées d'après le manuscrit de la Bibliothèque nationale. 1892, in-8°.   7 fr. 50

La correspondance de Nelli est le seul groupe compact de lettres adressées à Pétrarque qui nous soit parvenu : elle s'étend de 1350 à 1363 et donne une foule de renseignements sur le groupe des premiers humanistes florentins.

CONSTANT (G.). **La légation du cardinal Morone auprès de l'empereur et du Concile de Trente** (1563). 1922, in-8°, 603 p.   50 fr.

DANTE (Alighieri). **Vita Nova,** suivant le texte critique préparé pour la Società Dantesca italiana par Michel BARBI. Traduite avec une introduction et des notes par Henry COCHIN. 2e édit., 1914, in-12, lxxx-247 p.   7 fr. 50

LEFRANC (A.). **Les lettres et les idées depuis la Renaissance.** — T. I. *Maurice de Guérin,* d'après des documents inédits. 1910, in-8° écu. *(Épuisé.)*

T. II. **Grands écrivains français de la Renaissance.**   11 fr. 25

T. III. A. CHÉNIER, **Œuvres inédites,** publiées d'après les manuscrits originaux. In-8°.   11 fr. 25